008

책세상 세계문학

어린 왕자

Le Petit Prince

008

어린 왕자

Le Petit Prince

앙투안 드 생텍쥐페리 지음

고봉만 옮김

책세상

차례

레옹 베르트에게

이 책을 어른에게 바치는 것을 어린이들이 용서해주었으면 한다. 그럴 만한 나름의 이유가 있다. 첫째로, 그 사람은 이 세상에서 나와 가장 가까운 친구이기 때문이다. 둘째로, 그는 어른임에도 어린이를 위한 책마저 모두 이해할 줄 알기 때문이다. 셋째로, 그는 지금 프랑스에 사는데 추위와 배고픔에 시달리고 있어 그에게 깊은 위로가 필요하다. 이 이유들이 충분치 않다면, 나는 이 책을 어린 시절의 그에게 바치고 싶다. 어른들 누구나 처음엔 다 어린이였다(물론 그 사실을 기억하는 어른은 거의 없다). 그래서 나는 '레옹 베르트에게'를 이렇게 고쳐 쓴다.

어린 시절의 레옹 베르트에게

어린 왕자

1

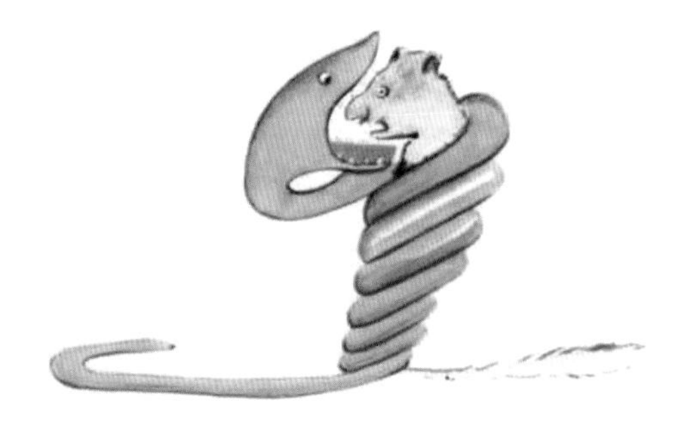

나는 여섯 살 때, '실제 이야기'라 전해지는, 원시림에 관한 책에서 아주 멋진 그림 하나를 보았다. 그것은 바로 보아뱀 한 마리가 사자 같은 사나운 짐승을 삼키고 있는 모습이었다. 위 그림은 그걸 그대로 그린 것이다.

그 책에는 이런 내용도 있었다.

"보아뱀은 먹이를 씹지 않고 통째로 삼킨다. 그러고는 꼼짝 않고 여섯 달 동안 잠만 자면서 먹이를 소화한다."

그래서 나는 정글 속에서 벌어지는 온갖 일에 대해 곰곰이 생각해보았다. 그런 다음, 색연필로 난생처음 그림 하나를 그려냈다. 나의 제1호 그림은 이런 모양이었다.

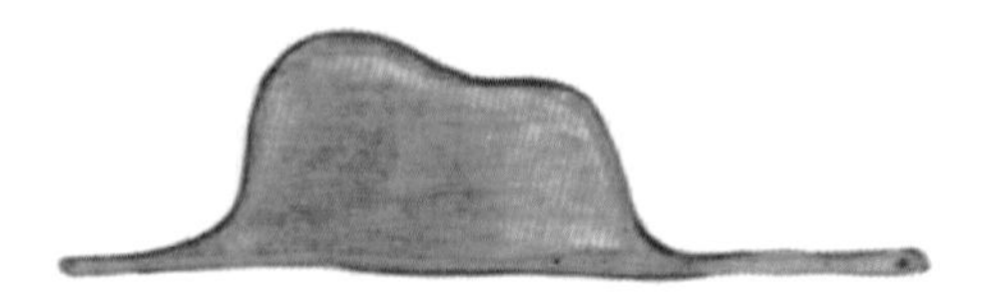

나는 내가 그린 이 훌륭한 그림을 어른들에게 보여주면서 그림이 무섭냐고 물어보았다. 어른들은 이렇게 대답했다.

"모자가 왜 무서워?"

내가 그린 건 모자가 아니었다. 코끼리를 소화하고 있는 보아뱀이었다. 그래서 나는 어른들이 이해할 수 있도록 보아뱀의 속을 다시 그렸다. 어른들에게는 늘 설명이 필요하다. 나의 제2호 그림은 이랬다.

어른들은 나에게 속이 보이든 안 보이든 보아뱀 그림 따위는 집어치우고, 지리나 역사, 산수, 문법에나 관심을 가지라고 충고했다. 이렇게 해서 나는 여섯 살에 화가라는 멋진 직업을 포기했다. 나는 그림 제1호와 제2호가 성공을 거두지 못한 데에 마음이 상했다. 어른들은 혼자서는 아무것도 이해하지 못한다. 번번이 설명하고 또 설명해야 하니 우리 같은 어린이는 피곤하기만 하다.

그래서 나는 다른 직업을 선택해야 했고, 비행기 조종하는 법을 배웠다. 이후 비행기를 타고 세계 곳곳을 돌아다녔다. 지리에 대한 지식이 나에게 많은 도움을 주었다. 중국과 애리조나를 단번에 구별할 수 있게 됐으니 말이다. 밤에 길을 잃었을 때 지리적 지식은 매우 쓸모가 있다.

이처럼 나는 오랫동안 세계 곳곳을 두루 여행하며 수없이 많은 진지한 사람들과 사귀었다. 어른들 틈에서 지내온 셈이다. 나는 그들을 아주 가까이에서 지켜볼 수 있었다. 그렇다고 그들에 대한 내 생각이 별로 달라진 건 없었다.

나는 어른들 중에 좀 똑똑해 보이는 사람을 만날 때면 늘 지니고 다니던 내 그림 제1호로 그를 시험해보곤 했다. 그가 정말 이해력이 있는 사람인지 궁금했기 때문이다. 하지만 늘 이런 대답만 돌아오기 일쑤였다.

"모자구나."

그러면 나는 보아뱀이니 원시림이니 별이니 하는 이야기는 아예 꺼내지 않았다. 그의 수준에 맞게 브리지 게임이나 골프, 정치, 넥타이 같은 이야기만 했다. 그러면 그 어른은 세상 물정에 밝은 사람을 알게 되었다며 대단히 기뻐하고 좋아했다.

2

이렇게 마음을 터놓고 이야기할 사람도 없이 홀로 지내던, 6년 전 어느 날 평소 몰던 비행기가 사하라사막에서 고장이 났다. 비행기 모터 어딘가가 망가진 것이다. 정비사도 승객도 없었기에 나는 힘들어도 혼자서 고장 난 데를 고쳐보리라 마음먹었다. 나에게 그건 생사가 걸린 문제였다. 일주일 동안 먹을 물밖에 없었으니까.

첫날 밤, 나는 사람 사는 곳에서 수만 리 떨어진 모래 위에서 잠이 들었다. 넓디넓은 바다 한가운데서 뗏목을 타고 표류하는 조난자보다 훨씬 더 고립된 느낌이었다. 그러니 해 뜰 무렵 야릇하고 작은 목소리가 나를 깨웠을 때 내가 얼마나 놀랐겠는가.

"저기… 나, 양 한 마리 그려줘."

"뭐?"

"양 한 마리 그려달라고."

나는 벼락이라도 맞은 듯 벌떡 일어났다. 나는 눈을 열심히 비비고 주위를 살펴보았다. 아주 신기하게 생긴 작은 아이가 심각한 표정으로 나를 바라보고 있었다. 여기에 실은 그림은 훗날 내가 그를 모델로 그린 그림 가운데 가장 잘된 것이다. 물론 내 그림은 그 모델보다는 훨씬 덜 아름답다. 하지만 그건 내 잘못이 아니다. 여섯 살 때 어른들 때문에 화가가 되고 싶다는 꿈을 포기한 후, 나는 속이 보이는 보아뱀과 보이지 않는 보아뱀 말고는 그림 공부를 해본 적이 없었다.

| * 이 그림은 훗날 내가 그를 모델로 그린 그림 가운데 가장 잘된 것이다.

어쨌든 나는 난데없이 나타난 아이의 모습에 눈이 휘둥그레져서 그저 바라만 보았다. 내가 사람 사는 곳에서 수만 리 떨어진 곳에 있었다는 사실을 잊지 말기를. 그런데 이 어린 친구는 사막에서 길을 잃은 것 같지도 않았고, 피곤하거나 배고프거나 목마르거나 겁이 나 죽을 지경도 아닌 것 같았다. 사람 사는 곳으로부터 수만 리 떨어진 사막 한가운데서 길을 잃은 아이처럼 보이지도 않았다. 이윽고 나는 간신히 입을 떼어 그에게 이렇게 물었다.

"아니… 너 여기서 뭐 하는 거니?"

그러자 아이는 마치 대단한 일이라도 되는 것처럼 아주 조용한 목소리로 되풀이해 말했다.

"저기… 나, 양 한 마리 그려줘."

신비로운 일이 너무 갑작스레 닥치면 도저히 어찌할 수 없는 법이다. 사람 사는 곳에서 수만 리 떨어진 곳에서 죽을 위험에 처한 나에게 하는 부탁이라니. 참 황당했지만, 나는 이내 주머니에서 종이와 만년필을 꺼냈다.

그러나 내가 주로 공부한 거라곤 지리, 역사, 산수, 문법이라는데 생각이 미치자, 나는 짜증 섞인 목소리로 어린 친구에게 그림을 그릴 줄 모른다고 말했다. 그가 나에게 대답했다.

"상관없어. 나, 양 한 마리 그려줘."

나는 양을 한 번도 그려본 적이 없었기에, 내가 그릴 줄 아는 두 가지 그림 중 하나를 그려서 그에게 건넸다. 그것은 속이 보이지 않는 보아뱀 그림이었다. 그런데 놀랍게도 그 어린 친구가 이렇게 말하는 것이었다.

"아냐, 아냐! 보아뱀 속 코끼리를 원한 게 아냐. 보아뱀은 아주 위험해. 코끼리는 너무 거추장스럽고, 내가 사는 곳은 아주 작거든. 난 양이 필요해. 나, 양 한 마리 그려줘."

그래서 나는 다시 그렸다.

그는 그림을 주의 깊게 들여다보더니 이렇게 말했다.

"아냐! 얘는 벌써 몹시 아파 보여. 다른 걸 그려줘."

나는 다시 그렸다.

내 어린 친구는 숭굴숭굴한 얼굴로 미소를 띠며 말했다.

"아이참…, 얘는 숫양이잖아. 뿔이 달려 있으니…."

그래서 나는 또 그렸다. 하지만 이번에도 퇴짜를 맞았다

"얘는 너무 늙었어. 난 오래오래 살 양이 필요해."

비행기 모터를 분해하는 일이 시급했던 나는 짜증이 치밀어 괴발개발 그려놓고는 한마디 툭 던졌다.

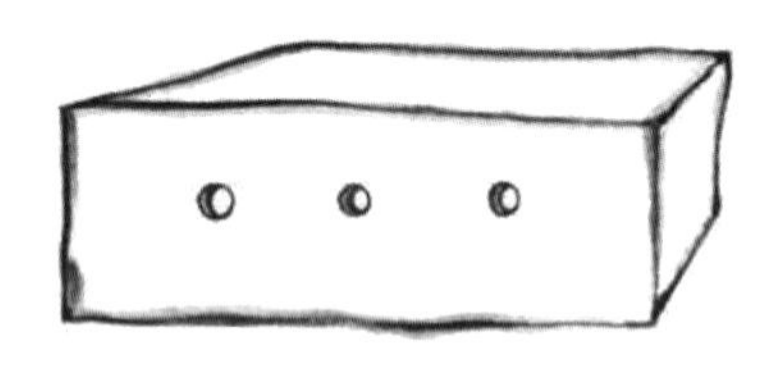

"자, 여기 상자. 네가 원하는 양은 이 안에 있어."

그런데 뜻밖에도 내 어린 심판관의 얼굴이 아주 밝아졌다.

"바로 이게 내가 원하던 양이야. 이 양한테 풀이 많이 필요할까?"

"왜?"

"내가 사는 곳은 매우 작으니까…."

"풀은 충분할 거야. 내가 그려준 건 아주 작은 양이거든."

그는 그림 쪽으로 고개를 갸웃 숙였다.

"그렇게 작지도 않은데… 애고! 잠들었네…."

나는 이렇게 해서 어린 왕자를 만나게 되었다.

3

어린 왕자가 어디서 왔는지 아는 데는 시간이 한참 걸렸다. 그는 내게 이런저런 질문을 쏟아냈지만 내 질문은 들은 척도 하지 않았다. 나는 그가 어쩌다 뱉는 말들로 조금씩 그동안의 사정을 알게 되었다. 이를테면 처음 내 비행기(내 비행기는 그리지 않겠다. 나한테는 너무 어려운 그림이라서)를 보았을 때 이렇게 물었다.

"이 물건은 뭐야?"

"그건 물건이 아니야. 나는 거야. 비행기야, 내가 모는 비행기."

내가 비행한다는 걸 알려주고 나니 한껏 자랑스러웠다. 그러자 그가 소리쳤다.

"뭐라고! 아저씨가 하늘에서 떨어졌다고?"

"그런 셈이지."

나는 별로 대단치 않은 일이라는 듯 대답했다.

"아! 그것참 재밌네."

그러면서 어린 왕자는 까르르 웃음을 터트렸는데, 그 때문에 나는 기분이 몹시 언짢았다. 나는 사람들이 내가 겪은 불행을 진지하게 생각해주었으면 했다. 그가 말을 덧붙였다.

"그럼 아저씨도 하늘에서 왔구나! 어느 행성에 있었어?"

나는 느닷없이 나타난 그의 신비로운 비밀을 캐낼 수 있겠다 싶어 불쑥 이렇게 물었다.

"넌 그럼 다른 행성에서 왔니?"

그러나 그는 내 말에 아무 답도 하지 않았다. 그는 내 비행기를 바라보며 가만히 고개만 끄덕였다.

"하긴, 저걸로는 아주 멀리서 오지 못했겠지."

그는 골똘히 생각에 잠겨 한동안 가만히 서 있었다. 그러고는 주머니에서 내가 그려준 양 그림을 꺼내더니 보물이라도 되는 듯 열심히 들여다보았다.

슬쩍 내비친 '다른 행성' 이야기를 이어나가고 싶어 내가 얼마나 안달이 났을지 여러분도 짐작이 갈 것이다. 나는 좀 더 알고 싶어 갖은 애를 썼다.

"얘야, 넌 어디서 왔니? '네가 사는 곳'이 어디야? 내 양을 어디로 데려갈 거니?"

그는 잠시 아무 말 없이 잠잠히 있다가 입을 열었다.

"잘됐어. 아저씨가 준 상자에 밤이면 양이 들어가서 잠잘 수도 있겠네."

"물론이지. 나에게 친절하게 대하면 낮에 양을 매어둘 수 있도록 고삐도 그려줄게. 필요하다면 말뚝도."

내 제안에 어린 왕자는 어이가 없는 모양이었다.

"매어둬? 별 희한한 소리 다 듣겠네!"

"그렇지만 안 매어놓으면 양이 아무 데나 막 돌아다니다가 길을 잃을 수 있잖아."

그랬더니 내 친구가 별안간 웃음보를 터트렸다.

"아니, 도대체 양이 어디로 간다는 거야?"

"아무 데나. 이리저리 앞으로 가다 보면…."

그러자 어린 왕자가 웃음기 가신 얼굴로 말했다.

"괜찮아. 내가 사는 데는 아주 작으니까."

그러다 왠지 좀 서글픈 생각이 들었는지 이렇게 말했다.

"앞으로 쭉 가봤자 별로 멀리 가지도 못해."

* 소행성 B612에 있는 어린 왕자

4

나는 이렇게 해서 아주 중요한 두 번째 사실을 알게 되었다. 그것은 바로 그가 살던 별이 기껏해야 집 한 채보다 조금 크다는 것이다. 하지만 내게는 새삼스러울 게 없어 크게 놀랍지는 않았다. 지구, 목성, 화성, 금성같이 우리가 알고 있는 큰 행성들 말고도 수백 개의 행성이 있으며, 어떤 것은 너무 작아서 큰 망원경으로도 안 보일 정도라는 걸 잘 알고 있었기 때문이다. 천문학자는 이런 행성을 하나 발견하면 이름 대신 번호를 붙여준다. 예를 들어 '소행성 325'라고 부르는 식이다.

나는 어린 왕자가 살던 행성이 소행성 B612라고 믿고 있다. 물론 그럴 만한 충분한 이유가 있다. 이 소행성은 1909년 어떤 튀르키예 천문학자의 망원경에 딱 한 번 잡힌 적이 있었다.

그때 그 천문학자는 국제 천문학회에서 자신이 발견한 것에 대해 떠들썩하게 발표를 했다. 그러나 그가 입고 있던 옷 때문에 그의

말이 사실이라고 믿는 사람이 아무도 없었다. 어른들은 언제나 이런 식이다.

그런데 다행스럽게도 소행성 B612를 세상에 다시 알릴 수 있는 기회가 찾아왔다. 튀르키예를 지배하던 독재자가 국민들에게 유럽식 옷을 입으라고 강요하면서, 그러지 않으면 사형에 처한다고 한 것이다. 그 천문학자는 1920년에 아주 고상하게 차려입고 다시 발표했다. 이번에는 모두가 그의 말이 옳다고 인정했다.

내가 소행성 B612에 대해 번호까지 일러주며 이렇게 시시콜콜 이야기하는 것은 모두 어른들 때문이다. 어른들은 숫자를 좋아한다. 여러분이 어른들에게 새로운 친구를 사귀었다고 말하면, 그들은 진짜로 중요한 것은 여러분에게 물어보지 않는다.

"친구는 목소리가 어떠니? 그 앤 무슨 놀이를 특별히 좋아하지? 나비를 잡아 모으지는 않니?"

이렇게 묻는 법이 결코 없다. 그 대신 다른 걸 물어본다.

"몇 살이니? 형제는 몇이나 되고? 몸무게는? 아버지는 돈을 얼마나 버시니?"

이래야만 그 친구에 대해 안다고 생각한다.

"장밋빛 벽돌로 지은 멋진 집을 봤어요. 창가에 제라늄 화분이 놓여 있고, 지붕 위에는 비둘기가 놀고 있었고요…."

혹시 여러분이 어른들에게 이렇게 말하면, 그들은 그 집이 어떤 집인지 상상도 하지 못한다. 그들한테는 이와 같이 말해야 한다.

"10만 프랑짜리 집을 봤어요."

그러면 그들은 큰 소리로 외친다.

"와, 집이 정말 예쁘겠구나!"

그러니 어른들에게 다음처럼 말한다면, 그들은 어깨를 한번 들먹이고는 여러분을 아이 취급할 것이다.

"어린 왕자가 실제로 있었다는 증거는, 그 애가 멋진 아이였고, 잘 웃었고, 양을 갖고 싶어 했다는 거예요. 어떤 사람이 양을 갖고 싶어 한다는 건 그 사람이 존재한다는 증거 아닌가요."

반면에 여러분이 이렇게 말하면 어떨까?

"그는 소행성 B612에서 왔어요"

그러면 어른들은 이 말을 금방 알아듣고, 질문을 쏟아내는 것으로 여러분을 귀찮게 하지는 않을 것이다. 어른들은 이런 식이다. 그 때문에 그들을 원망해서는 안 된다. 어린이들은 어른들을 너그럽고 큰마음으로 대해야 한다.

그러나 세상일을 겪어본 우리에게 물론 숫자 같은 건 대수로울 것이 없다. 사실 나는 이 이야기를 동화처럼 시작하고 싶었다. 이런 식으로 말이다.

"옛날 아주 먼 옛날, 기껏해야 자기보다 조금 더 큰 행성에 어린 왕자가 한 명 살고 있었습니다. 그는 친구가 필요했습니다…."

삶이 뭔지를 아는 사람들에게는 이런 식의 이야기가 훨씬 진실하게 느껴졌을 것이다.

나는 사람들이 내 책을 가볍게 읽지 않았으면 한다. 책에 담긴 추억을 떠올리다 보니 슬픔이 복받친다. 내 친구가 자기 양을 데리고 떠난 지도 벌써 여섯 해가 흘렀다. 내가 여기에다 그의 모습을 그리려는 건 그를 잊지 않기 위해서다. 친구를 잊어버린다는 건 슬픈 일이다. 누구에게나 친구가 있었던 건 아니다. 나 역시 숫자밖에 모르는 어른들처럼 될 수도 있었다. 내가 그림물감 한 상자와 연필을 산 것도 이 때문이다. 여섯 살 때 속이 보이는 보아뱀과 속이 보이지 않는 보아뱀을 그린 것 말고는 그림을 그려본 적이 없는 내가 이 나이에 그림을 다시 시작한다는 것은 쉽지 않은 일이다. 물론 가능한 한 실물에 가까운 초상화를 그려보려 애쓰겠지만, 성공할지 정말 모르겠다. 어떤 그림은 괜찮은데, 또 어떤 그림은 전혀 안 닮았다. 키도 조금씩 차이가 있다. 어린 왕자가 너무 커 보이는 그림도 있고, 너무 작게 보이는 그림도 있다. 옷 색깔 때문에도 머뭇거렸다. 그래서 더듬더듬 기억을 되살려 그럭저럭 그려보았다. 나의 온갖 노력에도 불구하고 중요한 부분에서 실수가 나올지 모른다. 그래도 나를 용서해주었으면 한다. 내 친구는 무슨 일이든 설명을 해주는 법이 없었다. 어쩌면 내가 자기와 닮았다고 생각했을 수도 있다. 그러나 유감스럽게도 나는 상자 속 양을 꿰뚫어볼 줄 모른다. 나도 다른 어른들과 어딘가 좀 비슷해졌는지도 모르겠다. 이제는 나도 늙었나 보다.

5

나는 매일매일 어린 왕자가 살던 행성과 그곳을 떠난 이야기, 그의 여행에 대해 조금씩 알게 되었다. 어린 왕자의 생각을 곰곰이 되새겨보다가 서서히 윤곽이 잡혔다. 사흘째 되는 날 바오바브나무를 알게 된 것도 그런 식이었다.

이번에도 양 덕분이었다. 무슨 대단한 질문거리라도 생긴 것처럼 어린 왕자가 불쑥 내게 물었다.

"양이 작은 나무도 먹는다는데, 정말이야?"

"그럼, 정말이지."

"아! 그럼 다행이네!"

양이 작은 나무를 먹는다는 게 왜 그렇게 중요한지 나로서는 얼른 이해가 가지 않았다. 그런데 어린 왕자가 이런 말을 덧붙였다.

"그렇다면 양들이 바오바브나무도 먹겠네?"

나는 바오바브나무는 작지 않고 교회만큼이나 커서, 코끼리를 떼로 몰고 간다 해도 바오바브나무 한 그루도 해치우지 못할 거라고 어린 왕자에게 가르쳐주었다.

코끼리가 떼로 간다는 상상을 한 어린 왕자가 웃었다.

"그놈들을 차곡차곡 쌓아놓아야겠네…."

그러다가 사려 깊은 말도 했다.

"제아무리 큰 바오바브나무도 처음에는 작았겠지."

"물론이지! 그런데 왜 양이 작은 바오바브나무를 먹어야 하지?"

"어유, 참! 그거야!"

어린 왕자는 다 아는 걸 왜 물어보냐는 듯 대답했다. 그래서 나는 혼자 그 궁금증을 해결하느라 생각을 쥐어짜야 했다.

실제로 어린 왕자의 행성에도 다른 행성과 마찬가지로 좋은 풀과 나쁜 풀이 있었다. 좋은 풀에는 좋은 씨가 있고, 나쁜 풀에는 나쁜 씨가 있는 법이다. 그런데 씨들은 눈에 보이지 않는다. 씨들은 땅속 깊은 곳에서 잠을 잔다. 그러다 그중 하나가 문득 깨어나고 싶다는 생각을 하게 된다. 그러면 그 씨는 기지개를 켜고, 먼저 태양을 향해 해롭지 않은 작고 예쁜 싹을 슬며시 내민다. 그게 빨간 방울무나 장미의 싹이라면 마음껏 자라게 내버려두어도 된다. 하지만 못된 식물이 나오는 싹이라면 눈에 띄는 대로 즉시 뽑아 없애야 한다. 그런데 어린 왕자의 행성에는 굉장히 무서운 씨가 있었다…. 바로 바오바브나무의 씨였다. 행성의 땅은 온통 바오바브나무 씨투성이였다. 그런데 바오바브나무는 조금만 늦게 손을 써도 없앨 방법이 전혀 없다. 행성 전체가 엉망진창이 된다. 바오바브나무는 제 뿌리로 행성에 구멍을 낸다. 만약 아주 작은 행성에 바오바브나무가 너무 많아지면 행성이 폭발해버린다.

어린 왕자는 나중에 나에게 이렇게 말했다.

"이건 생활 규범을 지키냐 못 지키냐에 달려 있어. 아침에 세수를 한 다음에는 행성도 정성스레 가꿔줘야 해. 바오바브나무는 아주 어릴 때는 장미나무와 비슷해서 많이 헷갈려. 그래도 조금만 지나면 구별할 수 있으니, 그때부터는 규칙적으로 뽑아내야 해. 정말 귀찮은 일이지만, 정말 쉽게 할 수 있는 일이기도 해."

하루는 어린 왕자가 내가 사는 곳에 있는 아이들이 이런 사실을 머릿속에 잘 새겨둘 수 있도록 그림 한 장을 멋지게 그려보라고 했다.

"언젠가 그 아이들이 여행을 하게 되면 그게 도움이 될 거야. 이따금 할 일을 뒤로 미뤄도 아무렇지 않을 때도 있지만, 바오바브나무는 그랬다간 큰 난리가 나. 게으름뱅이가 사는 행성을 하나 아는데, 작은 나무 셋을 소홀히 여기다가…."

나는 어린 왕자가 일러준 대로 게으름뱅이가 사는 그 행성을 그렸다. 나는 도덕 선생처럼 말하는 걸 좋아하지 않는다. 하지만 바오바브나무가 얼마나 위험한지 사람들이 너무 모르는 데다 소행성에서 길을 잃고 헤맬 사람이 겪을 손실이 너무 크기 때문에, 이번 한 번만 아무 거리낌 없이 이렇게 말을 하겠다.

"애들아, 바오바브나무를 조심해라!"

내가 이 그림에 온갖 정성을 들인 이유는 나를 비롯해 내 친구들이 오래전부터 멋모르고 지나쳤던 그 위험에 대한 경각심을 일깨워주기 위해서였다. 내가 주려는 교훈은 귀여겨들을 만한 가치가 있다. 어쩌면 여러분은 이렇게 물을지도 모르겠다. 왜 이 책에는 바오바브나무 그림처럼 거창한 그림이 또 없냐고. 대답은 아주 간단하다. 그리려고 애써 보았지만 성공하지 못했다. 바오바브나무를 그릴 때는 급박한 마음에 젖 먹던 힘까지 다 짜냈던 것이다.

* 바오바브나무

6

아, 어린 왕자! 너의 건조하고 쓸쓸한 생활을 나는 이렇게 조금씩 알게 되었다. 오랫동안 너에게 오락거리라고는 뉘엿뉘엿 해가 지는 광경을 보는 것밖에 없었다. 나는 나흘째 되던 날 아침에 네가 하는 말을 듣고서야 그 사실을 처음 알았다.

"해 지는 광경이 정말 좋아. 우리 해 지는 거 보러 가…."

"하지만 기다려야지…."

"뭘 기다리라는 거야?"

"해가 지길 기다려야지."

너는 처음에 내 얘길 듣고 깜짝 놀란 표정을 짓더니, 곧 자신이 엉뚱한 말을 했다는 듯 피식 웃었다. 그리고 이렇게 말했다.

"난 아직도 내가 내 집에 있는 줄 알았어."

하긴 그의 말이 맞기는 하다. 모두 알다시피 미국이 한낮이면 프랑스에서는 해가 진다. 1분 안에 프랑스로 날아갈 수만 있다면 해

지는 것을 볼 수 있다. 유감스럽게도 프랑스는 너무 멀리 떨어져 있다. 그런데 네가 살던 작은 행성에서는 의자를 몇 걸음 뒤로 옮기기만 하면 원할 때마다 석양을 볼 수 있었다.

"어느 날은 해가 지는 광경을 마흔네 번 본 적도 있어."

그러고 나서 조금 있다 이렇게 덧붙였다.

"있잖아… 아주 슬플 때면 해 지는 게 보고 싶어져…."

"마흔네 번 해 지는 걸 본 날은 그럼 무척 슬펐던 거야?"

어린 왕자에게선 아무 대답도 없었다.

7

닷새째 되던 날, 그날도 역시 양 덕분에 나는 어린 왕자가 살아온 삶의 한 비밀을 알게 되었다. 그는 오랫동안 말없이 고민해왔던 문제를 마침내 꺼낸다는 듯 불쑥 나에게 물었다.

"양이 작은 나무를 먹는다면 꽃도 먹겠지?"

"양은 닥치는 대로 다 먹어."

"꽃에 가시가 있어도?"

"그럼, 꽃에 가시가 있어도 먹어."

"그렇다면 가시는 왜 있는 거야?"

나는 가시가 필요한 이유를 알지 못했다. 게다가 나는 그때 모터에 꽉 눌어붙은 볼트를 푸느라고 정신이 없었다. 나는 걱정이 이만저만이 아니었다. 비행기가 아주 심하게 망가졌다는 생각이 들기 시작했고, 마실 물도 거의 떨어져 최악의 경우를 가정하지 않을 수 없었다.

"가시는 왜 있는 거야?"

어린 왕자는 한번 질문을 시작하면 끝장을 보지 않고는 못 배겼다. 나는 볼트 때문에 짜증이 나 있던 상태라서 되는대로 대답했다.

"가시는 아무짝에도 쓸데가 없어. 꽃들이 괜스레 심통을 부리는 거야."

"아!"

어린 왕자는 잠시 아무 말도 하지 않고 있다가 울분에 찬 목소리로 이렇게 쏘아붙였다.

"그럴 리 없어! 꽃들은 부드럽고 약해. 순진하고. 자신을 지키기 위해 최선을 다하고 있다고 생각하지. 가시가 있으니 아무도 못 덤빌 거라고…."

나는 아무 말도 하지 않았다. 그때 나는 이렇게 생각하던 중이었다.

'이놈의 볼트가 계속 말썽이면 망치로 두들겨 부숴버려야지.'

그런데 어린 왕자가 다시 내 생각을 흩트려놓았다.

"그럼 아저씨 생각에는 꽃들이…."

"그만해! 제발 좀 그만해! 난 아무 생각 안 해! 되는대로 대답했을 뿐이야. 난 지금 중요한 일을 하고 있다고."

어린 왕자는 어안이 벙벙한 얼굴로 나를 쳐다보았다.

"중요한 일?"

어린 왕자는 기름때 묻은 시커먼 손으로 망치를 든 채, 그에게는 아주 못생겨 보이는 어떤 물건에 몸을 숙이고 있는 나를 바라보고 있었다.

"아저씨도 어른들처럼 말하네!"

나는 약간 부끄러웠다. 그는 쌀쌀맞게 말을 계속했다.

"아저씬 모든 걸 뒤섞어. 온통 뒤죽박죽으로 만들어!"

어린 왕자는 정말 화가 잔뜩 나 있었다. 그의 금빛 머리칼까지 바람에 휘날렸다.

"내가 아는 어떤 행성에 얼굴이 시뻘건 어른이 한 명 살아. 그는 꽃향기를 맡아본 적도 없고, 별을 바라본 적도 없고, 누굴 사랑해본 적도 없어. 수를 합해 계산하는 것 말고는 해본 일이 전혀 없어. 그러면서 하루 종일 아저씨처럼 '나는 중요한 사람이야! 나는 중요한 사람이야!'라는 말만 되풀이하고 있어. 잘난 체는 혼자 다 하지. 그런데 그건 사람이 아냐. 버섯*이야!"

"뭐라고?"

"버섯!"

어린 왕자는 화가 나서 견딜 수 없었는지 하얗게 질린 얼굴이었다.

"수백만 년 전부터 꽃은 가시를 만들어왔어. 수백만 년 전부터 양들은 그런 꽃을 먹어왔고. 그런데 꽃이 아무 소용도 없는 가시를 만들려고 왜 그토록 애쓰는지 알려는 게 어째서 중요하지 않다는 거야? 양과 꽃들의 전쟁이 왜 대수롭지 않다는 거야? 뚱뚱하고 시뻘건 어른이 하는 덧셈보다 그게 덜 중요하단 말이야? 내가 사는 행성 말고는 다른 어디에도 없는, 세상에 단 하나밖에 없는 꽃이 있어. 그런데 어느 날 아침 작은 양이 무심코 그걸 먹어 치워버릴지도 몰

* 프랑스에서 보통 버섯이라고 하면 양송이champignon를 가리킨다. 옛날에는 양송이를 말똥이 많은 초원 지대에서 재배했으므로 여기서는 계산밖에 모르는 사람을 말똥 썩은 자리에서 자라는 '버섯'에 비유했는지도 모른다.-옮긴이

라. 그런데도 그게 중요하지 않은 일이라는 거야?"

어린 왕자는 새빨개진 얼굴로 말을 이었다.

"수백만, 수천만 개나 되는 별에 단 한 송이밖에 없는 꽃을 누군가가 사랑한다면, 그 사람은 별들을 바라보는 것만으로도 행복할 거야. '저기 어딘가에 내 꽃이 있겠지…'라고 생각하면서. 그런데 양이 그 꽃을 먹어버린다? 그건 수백만, 수천만 개의 별이 갑자기 빛을 잃는 거나 마찬가지야! 그런데도 그게 중요한 일이 아니라는 거야?"

그는 말을 더 잇지 못했다. 갑자기 그가 울음을 터뜨렸다. 주변은 이미 어두워져 있었다. 나는 연장을 손에서 내려놓았다. 망치도 볼트도 갈증도 죽음도 다 하찮게 여겨졌다. 어느 별 어느 행성인가에, 아니 내가 사는 이 지구에 내가 달래주어야 할 어린 왕자가 있었다. 나는 그를 두 팔로 감싸 안고, 가만히 흔들어 달래면서 말했다.

"네가 사랑하는 꽃은 위험하지 않아…. 내가 양의 입에 부리망을 그려넣을게…. 꽃을 위해서는 보호 덮개도 하나 그려주고…. 내가…."

나는 어찌할 바를 몰랐다. 내가 무척 서툴다는 생각만 들었다. 어떻게 그에게 다가가야 할지, 어디서 그의 마음과 맞닿을 수 있을지 몰랐다. 눈물의 나라란 참으로 신비로웠다.

8

그 일이 있고 나서 나는 그 꽃에 대해 좀 더 많은 것을 알게 되었다. 어린 왕자의 행성에는 오래전부터 꽃잎이 한 겹이고, 자리를 거의 차지하지 않을 정도로 작으면서, 누구를 귀찮게 하지도 않는 아주 소박한 꽃들이 있었다. 그것들은 아침이면 풀 사이에 나타났다가 저녁이면 사라졌다. 그런데 어느 날 어디서 날아왔는지 모르는 씨앗에서 싹이 나왔다. 어린 왕자는 그 싹에서 뻗어 오른 줄기가 다른 줄기와 닮지 않아 그것을 매우 주의 깊게 살폈다. 새로운 종류의 바오바브나무일지도 몰랐다. 그러나 그 어린줄기는 이내 자라기를 멈추고 꽃을 피울 준비를 했다. 어린 왕자는 꽃망울이 커다랗게 자리 잡는 것을 지켜보면서 무엇인가 신기로운 현상이 나타나리라 생각했다. 하지만 꽃은 초록 방에 숨어 예쁘게 꾸미는 데만 바빴다. 꽃은 자신의 색깔을 정성껏 고르고 천천히 옷을 차려입은 다음, 꽃잎을 하나씩 가다듬었다. 개양귀비처럼 꾸깃꾸깃한 모습으로 세상에 나오긴 싫었다. 꽃은 자신이 가장 아름다울 때 나타나고 싶어 했다. 그렇다! 이만저만 멋을 부리는 꽃이 아니었다. 그래서 그 꽃이 신비롭게 단장丹粧하는 데 몇 날 며칠이 걸렸다. 그러던 어느 날 아침, 해가 뜨는 시각에 맞춰 그 꽃이 마침내 모습을 드러냈다.

그런데 그렇게 공들여 단장을 했으면서도 정작 꽃은 하품을 하면서 이렇게 말했다.

"아! 이제 막 일어났어요…. 미안해요…. 머리가 죄다 헝클어졌지 뭐예요…."

하지만 어린 왕자는 그 모습에 감탄을 금치 못했다.

"정말 아름다워요!"

"그렇죠? 그리고 전 해님과 함께 태어난걸요…."

꽃이 나직한 목소리로 답했다.

어린 왕자는 꽃이 그다지 겸손하지 못하다는 걸 알아챘다. 하지만 너무나 인상 깊은 꽃이었다!

꽃이 이내 말을 덧붙였다.

"그나저나 아침 식사 시간 되지 않았나요. 제 생각을 좀 해주시면 고맙겠는데…."

그 말에 어린 왕자는 어찌할 바를 몰라 허둥대다가 시원한 물 한 통을 받아다 꽃에 뿌려주었다.

그 꽃은 약간은 심술궂게 잘난 체를 해대며 어린 왕자를 곧바로 괴롭혔다. 하루는 자기에겐 가시가 네 개나 있다면서 어린 왕자에게 이렇게 말했다.

"올 테면 오라고 해요, 호랑이들. 발톱을 세우고!"

"이 행성엔 호랑이가 없어요. 그리고 호랑이는 풀을 안 먹어요!"

어린 왕자가 대꾸하자, 꽃이 나직하게 대답했다.

"나는 풀이 아니에요."

"미안해요…."

"난 호랑이 따윈 전혀 무섭지 않아요. 하지만 바람은 너무 싫어요. 혹시 바람막이 없으세요?"

'바람이 너무 싫다고…. 식물로서는 참 고약한 일이군. 이 꽃은 꽤 까다롭네….'

어린 왕자는 이렇게 생각했다.

"저녁에는 나한테 유리 덮개를 씌워주세요. 여긴 너무 춥네요. 시설도 제대로 안 갖춰져 있고. 내가 떠나온 곳은…."

그러나 꽃은 거기서 말끝을 흐렸다. 씨앗의 모습으로 이곳에 왔

으니 다른 곳을 알 턱이 없었다. 어수룩한 거짓말을 들켜 창피했는지 꽃은 잘못을 어린 왕자에게 들씌우려고 두세 번 기침을 했다.

"바람막이는요? …."

"가지러 가려던 참이었는데, 당신이 계속 말을 하는 바람에…."

그런데도 꽃은 어린 왕자에게 가책을 느끼게 하려고 억지로 기침을 끄집어냈다.

어린 왕자는 진심으로 꽃을 좋게 생각했음에도 이내 꽃이 미심쩍었다. 그는 꽃이 아무렇게나 내뱉은 말도 심각하게 받아들였고, 그것 때문에 아주 불행해졌다. 한번은 그가 나에게 이렇게 속내를 비쳤다.

"그 꽃이 하는 말을 듣는 게 아니었어. 꽃의 말은 절대 들어서는 안 돼. 그냥 바라보면서 향기만 맡아야 했어. 내 꽃은 내 행성을 향

기롭게 했는데, 나는 그걸 기뻐할 줄 몰랐어. 발톱 얘기에 짜증이 났어도 오히려 불쌍히 여겼어야 했는데…."

그는 내게 또 이런 말을 중얼거렸다.

"그때만 해도 난 아무것도 몰랐어. 그 꽃을 말이 아니라 행동으로 판단했어야 했는데. 그 꽃은 나를 향기롭게 하고 내 마음도 환하게 만들었어. 꽃한테서 도망치는 건 절대 아니었어. 그 꽃의 어설픈 심술 뒤에 사랑하는 마음이 숨어 있는 걸 눈치챘어야 했는데. 꽃들은 앞말과 뒷말이 정말 다르거든! 그 꽃을 사랑하기엔 난 너무 어렸어."

9

나는 어린 왕자가 철새들이 이동하는 시기를 이용해 자신의 행성을 빠져나왔다고 생각한다. 떠나는 날 아침, 그는 자신의 행성을 깨끗이 정돈했다. 불을 뿜는 활화산도 정성스레 청소했다. 그의 행성에는 활화산이 두 개 있는데, 아침 식사를 데우기에 딱 안성맞춤이었다. 죽은화산도 있는데, 그의 말마따나 '언제 무슨 일이 있을지 모르니!' 어린 왕자는 죽은화산도 마찬가지로 청소했다. 화산은 청소만 잘 해주면 폭발하지 않고 조용히 규칙적으로 불을 내뿜는다. 화산 폭발은 굴뚝의 불길과 같은 것이다. 물론 지구의 화산은 우리가 너무 작아서 그것을 청소할 수가 없다. 그래서 우리가 골치 아픈 일을 많이 겪는 것이다.

최근에 돋아난 바오바브나무의 싹을 뽑을 때는 조금 서글픈 마음도 들었다. 다시 돌아오지 못하리라는 생각 때문이었다. 늘 해오던 일들이 그날 아침따라 유달리 정겹게 느껴졌다. 꽃에 마지막으

* 그는 활화산을 정성스레 청소했다.

로 물을 주고 유리 덮개를 씌워줄 채비를 할 때는 울음이 터져 나오려 했다.

"잘 있어요!"

하지만 꽃은 대답이 없었다.

"잘 있어요!"

꽃이 기침을 했다. 감기에 걸렸기 때문은 아니었다.

"내가 어리석었어. 용서해줘. 부디 행복해."

마침내 꽃이 입을 열었다.

어린 왕자는 꽃이 자신을 비난하지 않는 것에 놀랐다. 유리 덮개를 손에 든 채 어리둥절해했다. 꽃이 갑자기 조용하고 다정하게 변해 당황스러웠다.

"그래, 난 너를 사랑해. 그걸 전혀 알아차리지 못한 건 내 탓이지. 아무튼 그런 건 별로 중요하지 않아. 하지만 너도 나만큼 어리석더군. 부디 행복해…. 유리 덮개는 씌워주지 않아도 돼. 이젠 필요 없어."

꽃이 말했다.

"하지만 바람이…."

"감기가 그렇게 심한 건 아냐. 시원한 밤바람을 쐬면 오히려 좋을 거야. 난 꽃이니까."

"하지만 짐승들이…."

"나비를 보려면 애벌레 두세 마리는 견뎌야지. 나비는 참 아름답다던데. 그것들 아니면 누가 날 찾아오겠어? 너는 멀리 있을 거잖아. 큰 짐승들이 와도 난 전혀 겁나지 않아. 나한텐 발톱이 있거든."

그러면서 꽃은 가시 네 개를 천진스레 보이곤, 다시 말을 덧붙였다.

"그렇게 꾸물거리지 마. 짜증 나. 떠나기로 결심했잖아. 어서 가."

꽃은 자신이 우는 모습을 보이기 싫었던 것이다. 무척이나 자존심이 센 꽃이었다.

10

어린 왕자는 소행성 325호, 326호, 327호, 328호, 329호, 330호가 위치한 구역에 살고 있었다. 그래서 그는 새로운 일거리도 찾아보고 무엇이든 배울 생각으로 우선 이곳들을 찾아가보기로 했다.

첫 번째 행성에는 왕이 살고 있었다. 왕은 자줏빛 천에 흰담비 모피를 덧댄 옷차림을 하고, 지극히 검소하지만 위엄을 풍기는 옥좌에 앉아 있었다.

"아! 신하가 하나 왔도다!"

어린 왕자를 보고는 왕이 외쳤다. 어린 왕자는 의아하게 생각했다.

'날 한 번도 본 적이 없는데 어떻게 알아보지!"

왕에게는 너무도 당연한 이치를 어린 왕자는 전혀 몰랐다. 왕에게는 모든 사람이 다 신하였다.

"가까이 오라. 짐이 더 잘 볼 수 있도록"

마침내 누군가에게 왕 노릇을 하게 되어 무척 자랑스러워진 왕이 말했다.

어린 왕자는 앉을 자리가 없나 두리번거렸으나 왕이 몸에 걸친 화려한 흰담비 망토가 행성을 온통 뒤덮은 상태였다. 그래서 그는 서 있었다. 그리고 피곤해서 하품을 하고 말았다.

왕이 말했다.

"왕 앞에서 하품하는 건 예의에 어긋나느니라. 하품을 금하노라."

"참을 수가 없는걸요. 긴 여행으로 한숨도 못 잤거든요…."

어린 왕자가 몹시 난처해하며 대답했다.

"그렇다면 하품하기를 명하노라. 짐은 몇 해째 하품하는 사람을 본 적이 없노라. 하품은 짐에게 재미있는 볼거리이니, 자! 다시 하품을 하라. 명령이니라."

왕이 말했다.

"그러시니 주눅이 들어… 하품이 안 나오네요…."

어린 왕자가 얼굴을 붉히며 말했다.

"으흠! 으흠! 그렇다면 짐은… 짐은 그대에게 명하노라. 때로는 하품을 하고, 때로는…."

그는 약간 말을 더듬거렸으나 화가 난 것 같았다.

왕은 자신의 권위가 마땅히 세워지길 바랐다. 그는 불복종을 용납할 수 없었다. 그는 절대 군주였다. 그럼에도 마음은 착해서 나름대로 이치에 맞게 명령을 내린 것이다.

왕은 평소 이렇게 말하곤 했다.

"짐이 한 장군에게 바닷새로 변하라고 명령했으나 장군이 그 명령에 복종하지 않는다면, 그것은 장군이 잘못한 게 아니라 짐이 잘못한 것이니라."

"앉아도 될까요?"

어린 왕자가 머뭇머뭇 물었다.

"짐은 그대에게 앉기를 명하노라."

왕은 이렇게 대답하며 흰담비 망토 한 자락을 위엄 있게 걷어 자리를 내주었다.

한편 어린 왕자에게는 한 가지 의문이 생겼다. 행성이 아주 작은데, 왕은 도대체 뭘 다스린다는 것일까?

"폐하, 뭘 좀 여쭤봐도 괜찮겠습니까?"

"짐은 그대에게 질문하기를 명하노라."

왕이 다그치듯 말했다.

"폐하께선… 뭘 다스리십니까?"

"모든 것을."

왕은 간단하고 분명하게 대답했다.

"모든 것이요?"

왕은 침착하게 손을 들어 자기 행성과 다른 행성들 그리고 다른 별들을 가리켰다.

"저것 전부를요?"

어린 왕자가 물었다.

"저것 전부를…."

그는 절대 군주일 뿐 아니라 온 우주를 다스리는 군주였다.

"그럼 별들이 폐하에게 복종하나요?"

"그야 물론이지. 당장, 곧 복종하느니라. 짐은 불복종을 용납하지 않노라."

왕이 말했다.

왕의 막강한 권력에 어린 왕자는 마음속 깊이 감탄했다. 자신에게 그런 권력이 있다면 의자를 뒤로 빼지 않아도 해 지는 광경을 하루 마흔네 번이 아니라 일흔두 번, 아니 100번, 200번이라도 구경할 수 있을 것이라는 생각이 들었다. 어린 왕자는 문득 자기가 떠나온 작은 행성이 생각나서 슬퍼졌다. 그래서 용기를 내어 왕에게 한

가지 부탁을 드렸다.

"해 지는 광경이 보고 싶습니다. 부디 제 부탁을 들어주시어, 해가 지도록 명령을 내려주세요."

"짐이 어느 장군에게 나비처럼 이 꽃에서 저 꽃으로 날아다니라고 하거나, 한 편의 비극悲劇을 쓰라고 하거나, 바닷새로 변하라고 명령했는데 장군이 그 명령에 복종하지 않았다면, 그것은 장군이 잘못한 것인가 짐이 잘못한 것인가?"

"폐하입니다."

어린 왕자가 단호하게 말했다.

"그렇다. 누구에게나 그가 실제로 행할 수 있는 것을 요구해야 하느니라. 권위는 무엇보다 이치에 기반을 두어야 한다. 네가 만일 백성에게 바다에 몸을 던지라고 한다면, 그들은 혁명을 일으킬 것이다. 이치에 맞는 명령을 내릴 때 비로소 짐에게 복종을 요구할 권리가 있는 것이니라."

"그러면 해가 지도록 해달라는 제 부탁은요?"

일단 질문을 한번 던지면 결코 그냥 넘어가는 법이 없는 어린 왕자가 자신의 질문을 다시 환기시켰다.

"해 지는 광경을 보게 될 것이다. 짐은 그것을 명령하겠노라. 그러나 짐의 통치 방식이 있으니 명령을 내릴 조건이 갖추어질 때까지 기다릴 것이니라."

"그게 언제가 될까요?"

어린 왕자가 다시 물었다.

"으흠, 으흠!"

왕은 커다란 달력을 들춰본 다음 이렇게 대답했다.

"으흠, 으흠! 그러니까… 그러니까… 오늘 저녁 7시 40분경이 될 것이니라. 그때 너는 짐의 명령이 얼마나 잘 이행되는지 보게 될 것이다."

어린 왕자는 하품을 뿜었다. 그는 해 지는 광경을 못 보게 된 것이 아쉬웠다. 그리고 조금은 따분한 마음도 들었다. 그래서 왕에게 말했다.

"여기서 제가 딱히 할 일이 없군요. 이만 가보겠습니다."

"가지 말아라. 가지 말아라. 너를 대신으로 삼겠노라!"

신하를 갖게 되어 몹시 뿌듯했던 왕이 급히 말렸다.

"무슨 대신으로요?"

"에…, 법무 대신이니라!"

"하지만 재판할 사람도 없잖아요!"

"거기까지는 모르겠노라. 짐은 아직 짐의 왕국을 돌아본 적이 없도다. 짐은 너무 늙었고, 마차를 둘 자리도 마땅치 않고, 걸어서 다니자니 피곤하고."

왕이 말했다.

"오! 하지만 전 벌써 다 봤는걸요."

어린 왕자는 이렇게 말하고는 몸을 내밀어 행성의 다른 편을 힐끗 보았다.

"저쪽에도 역시 아무도 없어요…."

"그럼 너 자신을 재판하라. 그게 가장 어려운 일이니라. 자신을 재판하는 것이 남을 재판하는 것보다 훨씬 어려운 일이니라. 네가 자신을 제대로 재판할 수 있다면, 너는 진정한 현자賢者가 될 것이다."

왕이 말했다.

"저는요… 어디서든 저 자신을 재판할 수 있어요. 그것 때문에 굳이 여기 있을 필요는 없어요."

어린 왕자가 말했다.

"으흠, 으흠!"

왕이 다시 말을 이었다.

"짐의 행성 어딘가에 늙은 쥐 한 마리가 있는 게 분명하도다. 밤이면 그 소리가 들리노라. 너는 그 늙은 쥐를 재판할 수 있느니라. 필요하다면 그에게 사형선고를 내릴 수도 있노라. 그렇게 되면 그의 생명은 너의 재판에 달렸노라. 그러나 그때마다 특사를 내려 쥐를 살려주도록 하라. 쥐가 한 마리밖에 없음을 명심하라."

"전 사형선고 같은 건 내리고 싶지 않아요. 아무래도 가봐야겠어요."

어린 왕자가 말했다.

"아니 된다!"

왕이 말했다.

어린 왕자는 이미 떠날 준비를 마쳤으나 늙은 군주를 슬프게 만들고 싶지 않아 이렇게 제안했다.

"폐하의 명령이 어김없이 이행되길 원하신다면 저에게 이치에 맞는 명령을 내려주십시오. 이를테면 1분 안에 떠나라고 명령하시면 어떨지요. 제 생각엔 필요한 조건이 갖추어진 것 같습니다만…."

왕은 아무 대답도 하지 않았다. 어린 왕자는 잠시 망설이다가 한숨을 쉬고는 길을 나섰다.

"짐은 너를 대사로 임명하노라."

왕이 다급하게 소리쳤다. 얼굴에 위엄이 잔뜩 서려 있었다.

'어른들은 참 이상해.'

어린 왕자는 길을 떠나며 속으로 중얼거렸다.

11

두 번째 행성에는 허영꾼이 살고 있었다.

"아! 아! 저기 나를 찬양하는 사람이 한 명 오는군!"

허영꾼이 어린 왕자를 보자마자 멀리서 소리쳤다.

허영꾼들에게 다른 사람이란 모두 자신을 찬양하는 자들이기 때문이다.

"안녕하세요. 희한한 모자를 쓰고 계시네요."

어린 왕자가 말했다.

"인사할 때 쓰는 모자야. 사람들이 나에게 박수갈채를 보내면 인사를 하려고. 유감스럽게도 이리로 지나가는 사람이 아무도 없네."

허영꾼이 대답했다.

"아, 그래요?"

어린 왕자는 언뜻 그의 말이 이해가 안 되었다.

"두 손뼉을 마주쳐봐라."

허영꾼이 조언을 했다.

어린 왕자가 손뼉을 마주쳤다. 허영꾼은 모자를 들어 올리며 가볍게 인사를 했다.

'이건 왕을 만났을 때보다 더 재미있는데.'

어린 왕자는 속으로 중얼거렸다. 그리고 다시 손뼉을 마주쳤다. 허영꾼이 모자를 들어 올리며 다시 인사를 했다.

5분 정도 같은 일을 되풀이하자 어린 왕자는 곧 싫증이 났다. 놀이가 단순했다.

"모자를 바닥까지 내려오게 하려면 어떻게 해야 하나요?"

어린 왕자가 물었다.

하지만 허영꾼은 그 말을 듣지 못했다. 허영꾼들의 귀에는 칭찬하는 말만 들리기 때문이다.

"너는 정말로 나를 찬양하니?"

그가 어린 왕자에게 물었다.

"'찬양한다'는 게 무슨 뜻이에요?"

"'찬양한다'는 건 내가 이 행성에서 제일 잘생겼고, 옷을 제일 잘 입고 돈도 제일 많고 머리도 제일 좋다고 인정한다는 뜻이지."

"하지만 이 행성에는 아저씨밖에 없잖아요!"

"나를 좀 기쁘게 해주면 안 되겠니. 아무튼 나를 찬양해다오."

"아저씨를 찬양해요."

어린 왕자가 어깨를 약간 들먹이며 말했다.

"그런다고 그게 아저씨에게 무슨 도움이 되나요?"

그러고는 어린 왕자는 그곳을 떠났다.

'정말이지, 어른들은 정말 괴상해.'

어린 왕자는 길을 떠나며 그냥 속으로 이렇게 중얼거렸다.

12

그다음 행성에는 술꾼이 살고 있었다. 그곳에는 아주 잠깐 머물렀지만 어린 왕자의 마음을 무척 울적하게 했다.

"뭘 하세요?"

빈 병 한 무더기와 술이 가득한 병 한 무더기를 앞에 놓고 우두커니 앉아 있는 술꾼에게 어린 왕자가 물었다.

"술 마신다."

술꾼이 침울한 표정으로 대답했다.

"왜 마셔요?"

어린 왕자가 물었다.

"잊으려고."

술꾼이 대답했다.

"뭘 잊어요?"

어린 왕자가 다시 물었다. 그가 딱하다는 생각이 들었다.

"부끄럽다는 걸 잊으려고."

술꾼이 고개를 떨구며 속을 털어놓았다.

"뭐가 부끄러운데요?"

어린 왕자가 좀 더 자세히 물었다. 그를 돕고 싶었다.

"술 마시는 게 부끄러워!"

술꾼은 이렇게 대답하고는 입을 굳게 닫아버렸다.

어린 왕자는 어떻게 해야 할지 난감해하다가 그곳을 떠났다.

'어른들은 정말 너무너무 괴상해.'

어린 왕자는 길을 떠나며 속으로 이렇게 중얼거렸다.

13

네 번째 행성에는 사업가가 살고 있었다. 그는 어찌나 바쁜지 어린 왕자가 왔는데도 고개조차 들지 않았다.

"안녕하세요. 담배에 불이 꺼져 있네요."

어린 왕자가 말했다.

"셋 더하기 둘은 다섯, 다섯 더하기 일곱은 열둘, 열둘 더하기 셋은 열다섯, 안녕. 열다섯 더하기 일곱은 스물둘, 스물둘 더하기 여섯은 스물여덟, 담배에 다시 불붙일 시간도 없네. 스물여섯 더하기 다섯은 서른하나. 후유! 그러니까 5억 162만 2731개로구나."

"뭐가 5억이라는 거예요?"

"응? 여태 거기 있니? 5억 100만… 까먹었네… 일이 너무 많아! 농담이 아니라고. 난 허튼소리 하며 노닥거릴 여유 없어! 둘 더하기 다섯은 일곱…."

"뭐가 5억 100만이라고요?"

일단 질문을 한번 던지면 결코 그냥 넘어가는 법이 없는 어린 왕자가 다시 물었다.

사업가가 고개를 들었다.

"내가 이 행성에 54년째 사는 동안 다른 일로 방해받은 적이 딱 세 번이야. 첫 번째는 22년 전으로, 난데없이 불쑥 떨어진 풍뎅이 한 마리 때문이었어. 그놈이 어찌나 요란한 소리를 내던지 덧셈이 네 군데나 틀렸지. 두 번째는 11년 전인데, 신경통 발작 때문이었어. 난 운동 부족이야. 산책할 시간도 없다고. 농담 아냐. 세 번째는… 바로 지금이야! 방금 내가 5억 100만이라고 했으니까…."

"뭐가 100만이라는 거예요?"

사업가는 조용히 일하기는 다 틀렸다는 걸 알았다.

"하늘에 이따금 보이는 수백만의 저 조그만 것들."

"파리요?"

"아니, 파리가 아니라 반짝거리는 조그만 것들."

"벌이요?"

"아니지. 왜 게으름뱅이들을 공상에 빠지게 하는 금빛의 조그만 것들 있잖아. 난 진지한 사람이야. 공상하며 빈둥댈 시간이 없어."

"아! 별이요?"

"그래 별이야."

"별 5억 개로 아저씬 뭘 할 건데요?"

"5억 162만 2731개야. 난 진지한 사람이야. 정확한 사람이고."

"글쎄 그 별들로 뭘 할 거냐고요?"

"뭘 할 거냐고?"

"네."

"뭘 하긴 그냥 갖고 있는 거지."

"별을 갖고 있는다고요?"

"그래."

"하지만 제가 전에 만난 왕은…."

"왕들은 뭘 소유하지 않아. '통치'할 뿐이지. 그 둘은 아주 달라."

"별들을 소유해서 어디에 쓰게요?"

"부자가 되는 거지."

"부자가 되면 뭐가 좋은데요?"

"혹시 누가 새 별을 발견하면, 그걸 사지."

'이 사람도 아까 만난 술꾼과 비슷한 생각을 하는군.'

어린 왕자는 속으로 이렇게 생각하면서 질문을 계속 던졌다.

"별을 어떻게 소유할 수 있어요?"

"별은 누구 거지?"

사업가가 퉁명스럽게 되물었다.

"몰라요. 누구 것도 아니죠."

"그래서 내 것이지. 제일 먼저 그걸 생각한 사람이 나니까."

"그러면 되는 거예요?"

"물론이지. 네가 임자 없는 다이아몬드를 발견했다고 쳐. 그럼 그건 네 거야. 임자 없는 섬을 발견해도 네 거고. 네가 어떤 생각을 제일 먼저 하고 그걸로 특허를 내잖아. 그럼 그건 네 거야. 그러니 별도 내 거지. 별을 소유할 생각을 나보다 먼저 한 사람은 없으니까."

"그러네요. 그런데 그걸로 또 뭘 해요?"

"그걸 맡아 관리하지. 별을 세고 또 세는 거야. 힘든 일이지. 하지만 난 착실한 사람이잖아."

사업가가 말했다.

어린 왕자는 그런 대답만으로는 성이 차지 않아 다시 말을 이었다.

"나는 말이죠. 목도리가 있으면 그걸 목에 두르고 다닐 수 있고, 꽃이 있으면 그걸 꺾어서 가지고 다닐 수 있어요. 그렇지만 아저씨는 별을 딸 수는 없잖아요?"

"그렇지. 하지만 은행에 맡길 수는 있지."

"그게 무슨 소리예요?"

"작은 종이에 내가 소유한 별의 개수를 적는 거야. 그리고 그 종이를 서랍에 넣고 자물쇠를 채우는 거지."

"그게 다예요?"

"그럼 돼."

'재미있네. 시적詩的인 느낌도 나고. 하지만 진지하게 받아들일 얘기는 아닌 것 같아.'

어린 왕자는 이렇게 생각했다.

어린 왕자는 진지한 일에 대해 어른들과 생각이 아주 달랐다.

어린 왕자가 다시 말했다.

"나에겐 꽃이 하나 있어서 매일 물을 줘요. 그리고 화산도 세 개 있어서 일주일에 한 번씩 청소를 해요. 죽은화산까지 포함해서요. 언제 무슨 일이 일어날지 모르잖아요. 내 화산이나 꽃들에겐 내가 그들을 가지고 있는 게 도움이 돼요. 하지만 아저씨는 별들에게 도움이 되지 않아요."

사업가는 무슨 말을 하려고 입을 열었으나 대답을 찾지 못했다.

'어른들은 정말 완전히 이상해.'

어린 왕자는 길을 떠나며 그냥 속으로 이렇게 중얼거렸다.

14

다섯 번째 행성은 무척 흥미로웠다. 내가 가본 행성 중에서 가장 작았다. 가로등 하나와 가로등 켜는 사람 한 명 정도밖에 들어갈 자리가 없었다. 하늘 한구석의, 집도 사람도 없는 행성에 가로등과 가로등 켜는 사람이 왜 필요한지 어린 왕자는 언뜻 이해가 가지 않았다. 하지만 속으로 이렇게 생각했다.

'이 사람은 좀 특이한 사람 같아. 그래도 왕이나 허영꾼, 사업가나 술꾼보다는 덜 특이하지. 적어도 이 사람이 하는 일에는 의미가 있으니까. 가로등을 켜는 건 별 하나를, 또는 꽃 한 송이를 더 피어나게 하는 것과 다름없어. 가로등을 끄는 건 그 꽃이나 별을 잠들게 하는 것과 같아. 이건 아주 멋진 일이야. 멋진 만큼 유익한 일이지."

그 별에 다다른 어린 왕자가 가로등 켜는 사람에게 공손히 인사를 했다.

"안녕하세요, 아저씨. 근데 왜 방금 가로등을 껐나요?"

"안녕. 명령이라 그래."

가로등 켜는 사람이 대답했다.

"명령이 뭔데요?"

"이 가로등을 끄라는 거지. 잘 자."

그는 다시 가로등을 켰다.

"그런데 왜 방금 가로등을 켰어요?"

"명령이라 그래."

가로등 켜는 사람이 대답했다.

"이해가 안 돼요."

어린 왕자가 말했다.

"이해하고 말고 할 게 없어. 명령은 명령이야. 안녕."

가로등 켜는 사람이 말했다.

그러더니 그는 다시 가로등을 껐다.

그런 다음 빨간 체크무늬 손수건으로 이마의 땀을 닦아냈다.

"내가 하는 일은 정말 고달프지. 그래도 예전에는 할 만했어. 아침에 불을 끄고 저녁에 다시 불을 켜면 됐으니까. 낮 시간에 쉬고, 나머지 밤 시간에는 잠자고…."

"그 뒤에 명령이 바뀌었나요?"

"명령은 바뀌지 않았어. 그러니 난리가 난 거지. 행성은 해가 갈수록 빨리 도는데, 명령은 그대로이니."

가로등 켜는 사람이 말했다.

"그래서요?"

"지금은 1분에 한 번씩 도니까 잠시도 쉴 시간이 없어. 1분에 한 번씩 불을 켜고 꺼야 해."

* 내가 하는 일은 정말 고달프지.

"거참, 신기하네요. 여기서는 하루가 1분이라니!"

"신기할 거 하나도 없어. 우리가 얘기 나눈 지 벌써 한 달이 흘렀네."

가로등 켜는 사람이 말했다.

"한 달이요?"

"응, 30분이니 30일이지! 잘 자."

그리고 그는 다시 가로등을 켰다.

어린 왕자는 그를 바라보았다. 명령에 그토록 충실한 그가 좋아졌다. 의자를 뒤로 옮겨가며 해 지는 광경을 보고 싶어 했던 자신의 지난날이 떠올랐다. 그는 친구를 돕고 싶었다.

"저기, 저… 쉬고 싶을 때 쉴 수 있는 방법이 있어요…."

"나는 늘 쉬고 싶지."

가로등 켜는 사람이 말했다.

아무리 자신의 일에 충실한 사람이라도 게으름을 피우고 싶은 마음은 있는 법이다.

어린 왕자가 계속 말했다.

"아저씨 행성은 아주 작아서 세 발짝이면 한 바퀴를 다 돌 수 있어요. 해가 늘 떠 있기를 원한다면 천천히 걷기만 하면 돼요. 쉬고 싶을 때는 그냥 걸어요. 그럼 원하는 만큼 낮이 길어질 거예요."

"그건 내게 별로 도움이 안 돼. 내가 정말 원하는 건 잠자는 거란다."

가로등 켜는 사람이 말했다.

"그것참, 안됐군요."

"안됐지."

가로등 켜는 사람이 말했다.

"안녕."

그러고는 그는 다시 가로등을 껐다.

어린 왕자는 다시 먼 길을 떠나면서 속으로 이런 생각을 했다.

'왕이나 허영꾼, 술꾼이나 사업가 같은 이들은 저 아저씨를 우습게 생각하겠지. 그렇지만 우습지 않은 사람은 가로등을 켜는 저분뿐이야. 적어도 저 아저씨는 자신이 아닌 다른 것에 관심을 두고 있잖아.'

어린 왕자는 안타까운 마음에 한숨을 쉬며 이렇게 생각했다.

'내가 친구로 삼을 사람은 저 아저씨뿐인데. 하지만 행성이 너무 작아서 둘이 있을 수가 없어….'

어린 왕자가 차마 솔직히 말할 수 없었던 사실은, 그 행성이 무엇보다 하루에 1444번이나 해가 지는 축복을 받은 행성이었다는 것이다.

15

여섯 번째 행성은 이전보다 열 배나 더 컸다. 그곳에는 엄청난 책을 쓰는 늙은 신사 한 분이 살고 있었다.

"와, 탐험가 한 명이 오네!"

그가 어린 왕자를 보고 소리쳤다.

어린 왕자는 탁자에 걸터앉아서 잠시 숨을 몰아쉬었다. 벌써 여행을 꽤 많이 한 터였다.

"어디서 오는 길이지?"

늙은 신사가 물었다.

"이 두꺼운 책은 뭐예요? 여기서 뭘 하고 계세요?"

어린 왕자가 말했다.

"난 지리학자야."

늙은 신사가 말했다.

"지리학자가 뭐예요?"

"바다, 강, 도시, 산, 사막들이 어디 있는지 자세하게 아는 학자."

"와, 재밌겠네요. 마침내 직업다운 직업을 가진 사람을 만났어요!"

어린 왕자는 지리학자의 행성을 휘 한 번 둘러보았다. 그는 지금까지 이렇게 멋진 행성을 본 적이 없었다.

"행성이 정말 아름답네요. 크고 넓은 바다도 있나요?"

"글쎄."

지리학자가 말했다.

"아! (어린 왕자는 실망했다.) 그럼 산은 있나요?"

"글쎄."

지리학자가 말했다.

"도시와 강과 사막은요?"

"글쎄다."

지리학자가 말했다.

"지리학자라면서요?"

"응. 그치만 난 탐험가는 아니야. 나에겐 탐험가가 턱없이 부족해. 도시와 강과 산, 크고 작은 바다, 사막을 세러 다니는 건 지리학자가 하는 일이 아냐. 지리학자는 아주 중요한 사람이라서 한가롭게 돌아다닐 틈이 없어. 지리학자는 연구실을 떠나지 않아. 그곳에서 탐험가들을 만나지. 그들에게 이런저런 질문을 하고, 그들이 기억하고 있는 걸 기록해. 탐험가 가운데 흥미로운 내용을 기억하는 사람이 있으면, 그 사람의 품행을 조사하지."

지리학자가 말했다.

"왜 그렇죠?"

"거짓말하는 탐험가는 지리책에 큰 문제를 일으키니까. 술을 많이 마시는 탐험가도 마찬가지고."

"그건 왜죠?"

"술에 취하면 하나가 둘로 보이거든. 그러면 산이 하나밖에 없는데 두 개라고 기록하게 될 수도 있어."

"저도 좋은 탐험가가 될 수 없는 사람을 한 명 알아요."

어린 왕자가 말했다.

"가능한 일이고말고. 나는 탐험가의 품행이 바르다고 생각될 때에야 그가 발견한 것을 조사한단다."

"직접 가서 보시나요?"

"아니. 그렇게 번거로운 일은 안 해. 그 대신 탐험가에게 증거를 제시하라고 요구하지. 예를 들어 큰 산을 발견했다고 하면, 그 산의 큰 돌을 가져와보라는 식으로."

지리학자가 갑자기 뭔가 생각난 듯 달뜬 목소리로 물었다.

"그러고 보니, 너 멀리서 왔지! 맞아, 탐험가야! 네가 살던 행성에 대해 말해보렴!"

지리학자는 기록부를 펼치고는 연필을 깎았다. 탐험가의 이야기는 일단 연필로 기록되고, 탐험가가 증거를 가져오면 그때 비로소 잉크로 기록되었다.

"자, 자!"

지리학자가 이야기를 재촉했다.

"아, 제가 살던 행성은 별로 재미가 없어요. 아주 작고요. 화산이 세 개 있는데, 두 개는 활동을 하고, 한 개는 죽은화산이에요. 하지만 언제 무슨 일이 일어날지 몰라요."

"그래, 언제 무슨 일이 일어날지 모르지."

지리학자가 말했다.

"제가 살던 행성에는 꽃도 한 송이 있어요."

"우린 꽃은 기록하지 않아."

지리학자가 말했다.

"왜요? 제일 예쁜 건데."

"꽃은 덧없는 것이니까."

"덧없다는 게 무슨 뜻이에요?"

"지리책은 모든 책 중에서 가장 믿을 만하지. 유행에 따라 바뀌는 법이 결코 없어. 산이 위치를 바꾸는 일은 거의 없거든. 바닷물이 마르는 일도 매우 드물고. 우리는 영원한 것들만 기록한단다."

지리학자가 말했다.

"하지만 죽은화산도 다시 깨어날 수 있어요. 덧없다는 게 무슨 뜻이에요?"

어린 왕자가 지리학자의 말을 가로막고 나섰다.

"화산이 죽어 있든 살아 있든 우리에겐 마찬가지야. 우리에게 중요한 건 산이야. 산은 변하지 않는 것이잖아."

지리학자가 말했다.

"그런데 덧없다는 게 무슨 뜻이에요?"

일단 질문을 한번 던지면 결코 그냥 넘어가는 법이 없는 어린 왕자가 다시 물었다.

"머지않아 사라질 위험이 있다는 뜻이야."

"그럼 제 꽃도 머지않아 사라지나요?"

"물론이지."

어린 왕자는 그 말에 속으로 이렇게 생각했다.

'내 꽃이 덧없는 것이구나. 세상에 맞서 싸울 무기라곤 가시 네 개밖에 없어! 그런 꽃을 내가 혼자 두고 오다니.'

어린 왕자는 처음으로 후회에 휩싸였다. 그렇지만 다시 용기를 내서 물었다.

"이제 제가 어딜 가보는 게 좋을까요?"

"지구라는 행성. 평판이 좋아…."

지리학자가 대답했다.

어린 왕자는 자신의 꽃을 생각하면서 길을 떠났다.

16

그래서 일곱 번째 행성은 지구였다.

지구는 그저 그런 평범한 행성이 아니다. 이곳에는 111명의 왕(물론 흑인 왕까지 포함해서), 7000명의 지리학자, 90만 명의 사업가, 750만 명의 술꾼, 3억 1100만 명의 허영꾼 등 약 20억 명의 어른이 살고 있다.

지구가 얼마나 큰지 가늠할 수 있게 예를 하나 들자면, 전기가 발명되기 전에는 가로등 켜는 사람을 여섯 대륙을 통틀어서 46만 2511명이나 두어야 했다.

약간 떨어져서 보는, 가로등에 불이 들어오는 광경은 그야말로 장관이었다. 그들이 무리 지어 움직이는 모습은 오페라 발레단처럼 질서 정연했다. 맨 먼저 등장한 것은 뉴질랜드와 오스트레일리아의 가로등을 켜는 사람이었다. 이들은 가로등을 켠 다음 잠을 자러 갔다. 그다음에는 중국과 시베리아의 가로등 켜는 사람이 춤을 추며 등장했다. 그들이 무대 뒤로 사라지고 나면 러시아와 인도의 가로등 켜는 사람이 나타났다. 다음은 아프리카와 유럽, 그다음이 남아메리카, 마지막으로 북아메리카의 가로등 켜는 사람이 나왔다. 이들이 무대에 등장하는 순서를 틀린 적은 한 번도 없었다. 실로 장엄한 광경이었다.

오직 북극에 있는 한 사람과 남극에 있는 그의 동료만이 한가롭고 태평스러운 삶을 살았다. 그들은 1년에 두 번만 일하면 되었기 때문이다.

17

말재주를 부리려다 보면 조금씩 거짓말이 덧붙는 경우가 있다. 지구의 가로등 켜는 사람들에 대해 내가 방금 한 이야기도 전혀 꾸밈이 없던 것은 아니다. 지구를 모르는 사람들에게는 자칫 오해를 불러일으킬 수 있는 이야기다. 사실 인간이 지구에서 차지하고 있는 공간은 매우 적다. 만일 지구에 사는 20억 인구가 집회 같은 것을 하려고 한자리에 모인다면, 가로세로 32킬로미터의 광장으로 충분하다. 인류 전체를 태평양의 작은 섬에 차곡차곡 쌓아놓을 수도 있다.

물론 어른들은 여러분의 이런 말을 믿으려 하지 않을 것이다. 그들은 자신들이 많은 공간을 차지하고 있는 줄 안다. 그리고 자신들이 바오바브나무처럼 중요하다고 상상한다. 그러니 여러분이 그들에게 계산을 한번 해보라고 권해야 한다. 그들은 숫자를 좋아하니 그 말에 기분 좋아할 것이다. 하지만 여러분은 그런 지루한 일에 시간을 낭비하지 마라. 그건 쓸데없는 짓이다. 내 말을 믿어도 된다.

어린 왕자는 처음에 지구에 도착했을 때 깜짝 놀랐다. 아무도 보이지 않았기 때문이다. 행성을 잘못 찾아왔나 덜컥 겁이 났다. 그때 달의 색깔을 띤 고리 하나가 모래 속에서 꿈틀대는 게 보였다.

"안녕."

어린 왕자가 혹시나 하고 말을 걸었다.

"안녕."

뱀이 말했다.

"내가 지금 어느 행성에 떨어진 거니?"

어린 왕자가 물었다.

"지구야. 여기는 아프리카고."

"아! … 지구에는 사람이 살지 않니?"

"여긴 사막이야. 사막에는 사람이 살지 않아. 지구는 크단다."

뱀이 말했다.

어린 왕자는 바위에 걸터앉아 눈을 들어 하늘을 보았다.

"별들이 저렇게 빛나는 건 언젠가 우리가 저마다의 별을 다시 찾게 하기 위함이 아닐까. 내 행성을 봐. 바로 우리 위에 있어…. 그런데 어쩌면 저리도 멀리 떨어져 있을까!"

그가 말했다.

"행성이 아름답네. 여긴 어쩐 일로 왔니?"

뱀이 물었다.

"어떤 꽃하고 문제가 생겨서."

어린 왕자가 말했다.

"아!"

뱀이 말했다.

그리고 그들은 아무 말 없이 가만히 있었다.

"사람들은 어디 있어? 사막은 좀 외롭군…."

어린 왕자가 마침내 말을 다시 꺼냈다.

"사람들 속에 있어도 외롭긴 마찬가지야."

뱀이 말했다.

어린 왕자는 그를 오래도록 바라보다가 이윽고 말문을 열었다.

"넌 참 희한하게 생긴 짐승이구나. 손가락처럼 가느다랗네…."

"하지만 난 어떤 왕의 손가락보다 힘이 세."

뱀이 말했다.

어린 왕자는 빙긋 미소를 지으며 말했다.

"힘이 세긴 뭐가 세… 발도 없고…. 넌 여행도 할 수 없잖아…."

"난 배보다 더 멀리 널 데려갈 수 있어."

뱀이 말했다.

그러고는 어린 왕자의 발목을 금팔찌처럼 휘감았다.

"나에게 잘못 걸린 자는 자기가 나왔던 땅으로 되돌아가게 돼 있어."

그가 다시 말했다.

"하지만 넌 순수하고, 또한 별에서 왔으니…."

어린 왕자는 아무 대답도 하지 않았다.

"불쌍해서 어쩌나. 너처럼 여린 애가 단단한 돌덩이밖에 없는 지구에 왔으니. 네가 살던 행성이 너무 그리우면 내게 말하렴. 널 도와줄게. 내가…."

"그래! 네 말 잘 알아들었어. 그런데 넌 어째서 늘 수수께끼 내듯 말을 하니?"

어린 왕자가 물었다.

"난 이 세상 수수께끼를 다 풀거든."

그리고 그들은 아무 말 없이 가만히 있었다.

* 넌 참 희한하게 생긴 짐승이구나. 손가락처럼 가느다랗네….

18

어린 왕자는 사막을 가로질러 갔다. 도중에 만난 것은 꽃 한 송이밖에 없었다. 꽃잎이 세 개 달린 전혀 볼품없는 꽃이었다.

"안녕."

어린 왕자가 말했다.

"안녕."

꽃이 말했다.

"사람들은 어디 있니?"

어린 왕자가 정중하게 물었다. 그 꽃은 언젠가 사막의 상인들이 무리 지어 가는 것을 한 번 본 적이 있었다.

"사람들? 내 생각에는, 예닐곱 명쯤 있는 것 같아. 몇 해 전에 봤지. 하지만 어디를 가야 그들을 만날 수 있는지는 잘 모르겠어. 바람 따라 떠도는 사람들이라. 그들에겐 뿌리가 없어. 그래서 몹시 고달프지."

"잘 있어."
어린 왕자가 말했다.
"잘 가."
꽃이 말했다.

19

어린 왕자는 어느 높은 산에 올라갔다. 그가 아는 산이라고는 무릎 높이의 화산 세 개뿐이었다. 그는 죽은화산을 의자로 사용했었다. 이 정도의 높은 산이라면 행성 전체와 사람들 전부를 한눈에 볼 수 있겠다는 생각이 들었다. 하지만 보이는 거라곤 뾰족뾰족 솟구쳐 오른 바윗돌뿐이었다.

"안녕."

어린 왕자가 혹시나 하고 말을 걸었다.

"안녕… 안녕… 안녕…."

메아리가 대답했다.

"누구세요?"

어린 왕자가 말했다.

"누구세요… 누구세요… 누구세요…."

메아리가 대답했다.

| * 너무 메마르고 너무 뾰족뾰족하고 너무 각박해.

"친구가 되어주세요. 나는 외로워요."

그가 말했다.

"나는 외로워요… 나는 외로워요… 나는 외로워요…."

메아리가 대답했다.

어린 왕자는 생각했다.

'참 희한한 행성이군! 너무 메마르고 너무 뾰족뾰족하고 너무 각박해. 그리고 사람들에겐 상상력이 없어. 내가 한 말이나 되풀이하고…. 내 행성에는 꽃이 하나 있었지. 그 꽃은 항상 먼저 내게 말을 걸어줬는데….'

20

어린 왕자는 모래와 바위와 눈 위를 한참 걸은 다음 마침내 길을 하나 찾았다. 길이란 모름지기 사람 사는 곳으로 통하는 법이다.

"안녕."

어린 왕자가 말했다.

그곳은 장미꽃들이 활짝 피어 있는 정원이었다.

"안녕."

장미꽃들이 대답했다.

어린 왕자는 그들을 바라보았다. 전부 자기의 꽃을 닮았다.

"너희는 누구니?"

어린 왕자가 어리둥절해하며 물었다.

"우린 장미꽃이야."

그들이 말했다.

"아!"

어린 왕자가….

어린 왕자는 자신이 몹시도 불행하게 느껴졌다. 그의 꽃은 이 세상에 자기 같은 꽃은 둘도 없다고 했었다. 그런데 지금 여기 정원 한 곳에만 그와 똑 닮은 꽃이 5000송이나 있다니!

'내 꽃이 이걸 보면 몹시 기분 나빠 할 거야…. 창피해서 기침을 엄청 해대거나 죽은 시늉을 할지도 몰라. 그럼 난 돌봐주는 척해야겠지. 안 그러면 나를 상심시키려고 정말 죽어버릴 수도 있어….'

어린 왕자는 속으로 말했다.

그리고 그는 속으로 이런 생각도 했다.

'나는 세상에 하나뿐인 꽃을 가진 부자인 줄 알았어. 하지만 난 그저 평범한 장미꽃을 가졌던 거야. 그런 장미꽃과 무릎에 겨우 닿을 정도인 화산 세 개가 다였지. 화산 하나는 영영 꺼져버렸는지도 몰라. 고작 그 정도로 대단한 왕자라 할 순 없어….'

어린 왕자는 풀 위에 엎드려 울었다.

* 어린 왕자는 풀 위에 엎드려 울었다.

21

바로 그때 여우가 나타났다.

"안녕."

여우가 말했다.

"안녕."

그 소리에 어린 왕자도 정중하게 대답하고 뒤돌아섰으나 아무것도 보이지 않았다.

"나 여기 있어, 사과나무 밑에…."

방금 전 그 목소리가 말했다.

"넌 누구니? 참 예쁘게 생겼구나…."

어린 왕자가 말했다.

"난 여우야."

여우가 말했다.

"이리 와서 같이 놀자. 난 아주 슬퍼…."

어린 왕자가 제안했다.

"난 너랑 놀 수 없어. 난 길들지 않았거든."

여우가 말했다.

"아! 그래, 미안해."

어린 왕자가 말했다.

그러고는 잠시 생각을 모은 뒤에 어린 왕자가 다시 물었다.

"'길든다'는 게 무슨 뜻이야?"

"넌 이곳 사람이 아니구나. 뭘 찾고 있니?"

여우가 말했다.

"난 사람들을 찾고 있어. '길든다'는 게 무슨 뜻이야?"

어린 왕자가 말했다.

"사람들은 총을 가지고 있고, 사냥을 해. 상대하기가 무척 곤란

하지. 그들은 닭도 길러. 그들의 유일한 관심거리야. 혹시 너 닭을 찾고 있니?"

여우가 말했다.

"아니. 난 친구를 찾아. '길든다'는 게 무슨 뜻이야?"

어린 왕자가 말했다.

"사람들이 까맣게 잊고 있는 건데…. 그건 '관계를 만든다'는 뜻이야."

여우가 말했다.

"관계를 만든다고?"

"그래. 나에게 넌 아직 다른 보통의 수많은 아이와 다를 바 없는 아이일 뿐이야. 나는 네가 필요하지 않고, 너 역시 내가 필요하지 않아. 너에게 난 다른 수많은 여우와 다를 바 없는 한 마리 여우일 뿐이야. 하지만 네가 나를 길들인다면 우린 서로가 필요해지지. 나에게 넌 세상에 하나밖에 없는 존재가 될 거고, 너에게도 난 그렇게 될 거야…."

여우가 말했다.

"이제 조금은 이해가 돼. 나에게 꽃이 하나 있었는데…, 그럼 난 그 꽃에 길들었나 봐…."

어린 왕자가 말했다.

"그럴 수 있지. 지구에서는 별의별 일들이 다 생기니까…."

여우가 말했다.

"휴! 근데 그건 지구에서 일어난 일이 아니야."

어린 왕자가 말했다.

여우가 사뭇 궁금해하는 눈치였다.

"그럼, 다른 행성에서?"

"응."

"그 행성에도 사냥꾼이 있어?"

"아니, 없어."

"그것참, 재밌네. 그럼 닭들은?"

"아니, 없어."

"세상에 완벽한 건 없는 것 같군."

여우가 한숨을 내쉬었다.

그러나 여우는 이야기를 계속했다.

"내 생활은 단조로워. 나는 닭을 잡으러 다니고, 사람들은 나를 사냥해. 닭은 모두 비슷비슷하고 사람도 그렇지. 그래서 좀 따분해. 하지만 내가 너에게 길들면 내 생활이 활기차질 거야. 세상 여느 발자국 소리와 구별되는 네 발자국 소리를 알게 되겠지. 다른 발자국

소리는 나를 굴속으로 들어가게 하지만, 너의 발자국 소리는 음악 소리처럼 나를 굴 밖으로 불러낼 거야. 그리고 저길 봐! 밀밭 보여? 난 빵을 안 먹어. 밀은 나한테 아무 쓸모가 없어. 밀밭을 봐도 아무런 감흥이 없어. 슬픈 이야기지. 그런데 너는 금빛 나는 머리털을 가졌어. 만일 내가 너에게 길든다면 정말 멋진 일이 생길 거야. 노랗게 익은 밀을 보면 너를 생각할 테니 말이야. 밀밭에 이는 바람 소리도 사랑하게 되겠지…."

여우는 하던 말을 잠시 멈추고 어린 왕자를 한참 바라보더니 다시 말을 이었다.

"부탁이야…. 너에게 길들고 싶어!"

"나도 그러고 싶어. 하지만 나에게는 시간이 그리 많지 않아. 친구들도 찾아야 하고. 살펴봐야 할 것도 많아."

"우리는 서로가 길든 것만 알 수 있어. 사람들은 이제 뭔가를 살펴볼 시간조차 없어. 그들은 상점에서 이미 다 만들어진 물건들을 사지. 그런데 친구를 파는 상점은 없으니까 사람들은 친구가 없는 거야. 혹시 네가 친구를 사귀고 싶다면, 나에게 길들면 돼!"

"방법을 알려줄 수 있어?"

어린 왕자가 물었다.

"참을성이 아주 많아야 해. 우선 나에게서 고만치 떨어져 앉아. 그런 식으로, 풀밭에. 그다음엔 내가 널 곁눈으로 살짝 볼 거야. 넌 아무 말도 하지 마. 말은 불필요한 오해를 낳으니까. 그러다가 매일 조금씩 나에게 다가와 앉는 거야…."

여우가 대답했다.

다음 날, 어린 왕자가 다시 그곳으로 왔다.

"어제와 같은 시간에 왔다면 더 좋았을 텐데. 예를 들어 네가 오후 4시에 온다고 치자. 그럼 난 오후 3시부터 행복해지기 시작할 거야. 시간이 지날수록 난 점점 더 행복해지겠지. 4시가 되면 벌써 마음이 달떠서 안절부절못할 테고. 행복의 대가를 알게 되는 거지! 하지만 네가 아무 때나 온다면 도대체 나는 몇 시부터 마음의 준비를 해야 하는지 모르잖아…. 그래서 의식이 필요하다는 거야."

여우가 말했다.

"의식이 뭐야?"

어린 왕자가 물었다.

"사람들이 까맣게 잊고 있는 거지. 그건 어떤 날을 다른 날과 다르게, 어떤 시간을 다른 시간과 다르게 느끼게 하는 거야. 이를테면 나를 사냥하는 사냥꾼들에게도 의식이 있어. 매주 목요일이면 마을 처녀들과 춤을 추지. 그러니 나에게 목요일은 엄청 좋은 날이야. 나는 포도밭까지 산책을 나가. 만일 사냥꾼들이 아무 때나 춤을 춘다면 어떤 날이 특별한 날인지 도통 모르고, 나에겐 휴가라는 게 전혀 없을 거야."

여우가 말했다.

이렇게 해서 어린 왕자와 여우는 서로 길들었다. 그러다 헤어질 때가 다 되었다.

"아! 눈물이 날 것 같아."

여우가 말했다.

"네 잘못이야. 널 힘들게 하고 싶진 않았어. 근데 네가 길들고 싶다고 해서…."

* 예를 들어 네가 오후 4시에 온다고 치자. 그럼 난 오후 3시부터 행복해지기 시작할 거야.

어린 왕자가 말했다.

"물론, 그렇지."

여우가 말했다.

"그런데도 울려고 하네!"

어린 왕자가 말했다.

"응."

여우가 말했다.

"그럼 넌 얻은 게 하나도 없잖아!"

"아니, 얻은 게 있어. 밀밭의 색깔이 다르게 느껴져."

여우가 말했다.

그러더니 다시 말을 이었다.

"가서 장미꽃들을 다시 봐. 너의 장미꽃이 세상에 하나밖에 없는 꽃이라는 걸 깨닫게 될 거야. 그런 다음 돌아와서 나에게 작별 인사를 해줘. 비밀 하나를 선물로 줄게."

어린 왕자는 장미꽃들을 다시 보러 갔다.

"너희는 내 장미꽃과 하나도 안 닮았어. 너희는 나에게 아무것도 아냐. 아무도 너희를 길들이지 않았고, 너희 역시 아무에게도 길들지 않았어. 너희는 예전의 내 여우와 같아. 처음엔 그 여우도 세상의 여느 여우와 똑같았지. 하지만 그와 친구가 되고 나니, 세상에 하나밖에 없는 여우가 됐어."

그가 꽃들에게 말했다.

그 말에 장미꽃들은 매우 계면쩍어 했다.

어린 왕자가 계속 말했다.

"너희는 아름답지만 그저 꽃일 뿐이야. 너희를 위해 죽을 사람은 없지. 물론 내 장미꽃도 지나가는 사람에겐 너희와 비슷할 거야. 하지만 내겐 그 꽃 하나가 너희 모두를 합친 것보다 더 중요해. 내가 물을 주고, 내가 유리 덮개를 씌워주고, 내가 바람막이로 보호해주고, 내가 애벌레를 잡아다 준(나비가 되라고 두세 마리 남겨둔 것 빼고) 꽃이니까. 불평하거나 자랑하거나 때때로 말없이 토라져 있어도 내가 다 귀 기울여 들어준 꽃이니까. 내 장미꽃이니까."

그리고 그는 여우에게 다시 돌아왔다.

"잘 있어."

그가 말했다.

"잘 가. 내가 말하는 비밀은 이런 거야. 복잡하지 않고 아주 간단해. 마음으로 볼 때 비로소 잘 보인다는 것. 진짜로 중요한 건 눈에 보이지 않는다는 거야."

"진짜로 중요한 건 눈에 보이지 않는다."

어린 왕자는 머릿속에 새겨두려고 여우의 말을 되뇌었다.

"네가 네 장미꽃을 위해 보낸 시간이 있어서 네 장미꽃이 그토록 소중해진 거야."

"내가 내 장미꽃을 위해 보낸 시간이 있어서…."

어린 왕자는 이번에도 머릿속에 새겨두려고 여우의 말을 되풀이했다.

"사람들은 이런 진실을 잊어버렸어. 그렇지만 넌 그걸 잊어선 안 돼. 넌 너에게 길든 것을 영원히 책임져야 해. 넌 네 장미꽃에 책임이 있어…."

"나는 내 장미꽃에 책임이 있어…."

어린 왕자는 머릿속에 새겨두려고 여우의 말을 되뇌었다.

22

"안녕하세요."

어린 왕자가 말했다.

"안녕."

전철수轉轍手가 말했다.

"여기서 뭐 하세요?"

어린 왕자가 물었다.

"승객들을 1000명씩 나누고 있어. 그들이 탄 열차를 때로는 오른쪽으로, 때로는 왼쪽으로 보내."

전철수가 말했다.

그때 환하게 불을 밝힌 급행열차가 천둥 같은 소리를 내며 전철수의 방을 뒤흔들고 지나갔다.

"엄청 바쁜 모양이네. 뭘 찾고 있나요?"

어린 왕자가 말했다.

"기관사 자신도 그걸 몰라."

전철수가 말했다.

그때 반대 방향에서 환하게 불을 밝힌 두 번째 급행열차가 요란한 소리를 내며 달려왔다.

"벌써 되돌아오는 건가요?"

어린 왕자가 물었다.

"같은 사람들이 아냐. 저쪽에서 오는 거지."

전철수가 말했다.

"전에 있던 곳이 마음에 안 들었나 봐요?"

"사람은 자신이 있는 곳에 결코 만족하지 않는단다."

전철수가 말했다.

그때 환하게 불을 밝힌 세 번째 급행열차가 요란한 소리를 내며 지나갔다.

"저들은 첫 번째 승객들을 쫓아가는 건가요?"

어린 왕자가 물었다.

"전혀 아무것도 쫓지 않아. 그들은 그냥 열차 안에서 자거나 하품을 할 뿐이야. 아이들만 차창에 코를 바싹 대고 있지."

전철수가 말했다.

"아이들만 자신들이 뭘 찾고 있는지 알지. 아이들에게 헝겊 인형 하나만 쥐여줘도 그것과 많은 시간을 보내지. 그러다 보면 그 인형이 아주 중요해져. 그래서 누가 그걸 뺏어가면 울음을 터트리고…."

어린 왕자가 말했다.

"다행스러운 일이지."

전철수가 말했다.

23

"안녕하세요."

어린 왕자가 말했다.

"응, 안녕."

장사꾼이 말했다.

그는 목마름을 완전히 가시게 하는, 새로 나온 알약을 파는 사람이었다. 그 알약은 한 알만 먹으면 일주일 동안 물 마시고 싶은 생각이 들지 않는다고 했다.

"아저씬 왜 그걸 팔아요?"

어린 왕자가 말했다.

"이 약을 먹으면 시간을 엄청 아낄 수 있거든. 전문가들이 계산해 봤는데, 일주일에 53분이나 아낄 수 있대."

장사꾼이 말했다.

"그럼 그 53분으로 뭘 해요?"

"하고 싶은 걸 하지…."

어린 왕자는 속으로 이렇게 중얼거렸다.

'53분을 내 마음대로 더 쓸 수 있다면, 나는 샘터를 향해 아주 천천히 걸어갈 텐데….'

24

사막에서 비행기가 고장 난 지 여덟째 되는 날이었다. 나는 아껴두었던 마지막 남은 물 한 방울을 마시다가 장사꾼 이야기를 들었다.

나는 어린 왕자에게 말했다.

"네가 지나온 이야기 참 재밌었어. 그런데 어쩌지! 난 아직도 비행기를 못 고쳤고, 마실 물도 떨어졌어. 나도 샘터로 아주 천천히 걸어갈 수 있으면 좋겠다."

"내 친구 여우는…."

그가 나에게 말했다.

"꼬마 친구, 지금은 여우 이야기할 때가 아냐!"

"왜?"

"목말라 죽을 것 같다고…."

그는 내 말뜻을 알아듣지 못하고 이렇게 대답했다.

"목말라 죽을 것 같아도 친구가 있는 건 좋은 거잖아. 난 여우 친구를 얻어서 너무 기뻐…."

'이 녀석, 지금이 위급 상황이란 걸 모르는군. 배고픈 적도 없고 목마른 적도 없었으니. 약간의 햇빛만 있으면 되나….'

나는 속으로 이렇게 생각했다.

어린 왕자는 나를 물끄러미 바라보더니 내 생각을 알겠다는 듯 이렇게 대답했다.

"나도 목이 말라…. 우리 우물 찾으러 가…."

나는 지쳤다는 몸짓을 해 보였다. 넓디넓은 사막 한가운데서 무턱대고 우물을 찾아 나선다는 건 말도 안 되는 일이었다. 그럼에도 우리는 걷기 시작했다.

우리는 몇 시간을 말없이 걸었다. 어느덧 어둠이 내리고 별들이 반짝이기 시작했다. 갈증으로 약간 열이 나서일까. 나는 그 별들을 꿈속에서 보는 것 같았다. 어린 왕자가 한 말이 머릿속에서 계속 맴돌았다.

"너도 목이 마르니?"

내가 물었다.

하지만 그는 내 물음에 답하지 않았다. 이렇게 말했을 뿐이다.

"물은 마음에도 좋아…."

나는 그의 대답을 이해하지 못했지만, 아무 말도 하지 않았다. 다시 물어봐도 소용없다는 것을 잘 알고 있었다.

그는 지쳐 있었다. 그가 힘없이 바닥에 앉았다. 나도 그 옆에 가서 앉았다. 잠시 침묵이 흘렀고, 그가 다시 입을 열었다.

"별이 아름다운 이유는 보이지 않는 꽃 한 송이 때문이야…."

"그래 맞아."

나는 이렇게 대답하고는 달빛 아래 물결 모양으로 주름진 모래 언덕을 잠자코 바라보았다.

"사막은 아름다워."

그가 말을 덧붙였다….

정말이었다. 나는 옛날부터 사막을 좋아했다. 모래언덕에 앉으면 아무것도 안 보이고 아무 소리도 안 들린다. 고요와 적막 속에 빛나는 뭔가가 있을 뿐….

"사막이 아름다운 건, 어딘가에 우물을 감추고 있기 때문이야…."

어린 왕자가 말했다.

나는 모래가 그처럼 빛나는 이유를 깨닫고 흠칫 놀랐다. 어릴 때 나는 낡고 오래된 집에 살았다. 그 집에는 보물이 묻혀 있다는 전설이 내려오고 있었다. 물론 보물을 찾는 방법을 알고 있거나 보물을 찾아 나선 사람은 아무도 없었다. 하지만 그 보물 덕분에 우리 집 전체가 황홀한 마법에 걸린 듯했다. 집 깊숙한 곳에 비밀 하나를 감추고 있었으니 말이다….

"그래. 집이건 별이건 사막이건, 그걸 아름답게 하는 건 우리 눈에 보이지 않지!"

내가 어린 왕자에게 말했다.

"아저씨 생각이 내 친구 여우와 같다니 기뻐."

그가 말했다.

어린 왕자는 잠이 들었다. 나는 그를 품에 안고 다시 길을 떠났다. 나의 가슴속에 뜨거운 무언가가 너울너울 밀려들었다. 부서지기 쉬운 보물 하나를 안은 듯했다. 세상에 이보다 더 부서지기 쉬운 건 없을 것 같다는 생각마저 들었다. 달빛에 비친 아이의 창백한 이마, 곱게 감은 눈, 바람에 나부끼는 머리카락을 바라보며 나는 생각했다.

'내가 지금 보고 있는 건 겉으로 드러난 껍질일 뿐이야. 진짜로 중요한 건 눈에 보이지 않아….'

가볍게 벌어진 어린 왕자의 입술에 엷은 미소가 떠올랐다. 나는 또 생각에 잠겼다.

'내 품에 안겨 잠든 이 아이가 나를 이토록 감동시킨 이유는, 꽃 한 송이를 향한 그의 한결같은 마음, 잠잘 때조차 그의 마음속에 램프의 불꽃처럼 빛나는 장미꽃의 모습 때문이야….'

그래서 나는 그가 더욱 부서지기 쉬운 존재인 듯한 느낌이 들었다. 램프의 불을 잘 지켜야 해. 한 줄기 바람에도 꺼져버릴 수 있으니….

나는 그렇게 걸음을 옮기다 날이 밝을 무렵에 우물을 발견했다.

25

어린 왕자가 말했다.

"사람들은 허겁지겁 급행열차에 올라타지만 자신들이 뭘 찾는지도 몰라. 그래서 호들갑을 떨며 제자리에서 뱅뱅 도는 거야…."

그리고 그는 이런 말을 덧붙였다.

"그래 봤자 소용없는데…."

우리가 찾아낸 우물은 사하라사막에 있는 다른 보통의 우물과 달랐다. 사하라사막의 우물은 모래 속에 구멍을 파놓은 정도에 불과하다. 그런데 우리가 찾아낸 우물은 마을에 있는 우물과 닮았다. 그 주변에 마을이 전혀 없었으므로 혹시 내가 꿈을 꾸고 있는 것이 아닌가 했다.

"거참 이상하군. 도르래, 두레박, 밧줄… 모든 게 다 있어."

내가 어린 왕자에게 말했다.

그는 웃으면서 밧줄을 만지고 도르래를 돌려보았다.

그러자 오랫동안 잠자던 바람이 일어 낡은 풍향계가 깨듯 도르래가 삐그덕 소리를 냈다.

"이 소리 들려? 우리가 우물을 깨우니까 우물이 노래를 해…."

어린 왕자가 말했다.

나는 그가 애쓰는 모습이 안쓰러워 보였다.

"내가 할게. 너한테는 너무 무거워."

내가 그에게 말했다.

나는 천천히 물통을 끌어 올려 우물가의 둘레돌 위에 세워놓았다. 귓가에 도르래의 노랫소리가 들려오는 듯했고, 여전히 출렁이는 물 위로는 햇살이 일렁이고 있었다.

"난 이 물이 마시고 싶어. 물 좀 건네줘…."

어린 왕자가 말했다.

나는 그가 찾던 것이 무엇인지를 깨달았다!

나는 두레박을 그의 입술까지 가져다주었다. 그는 눈을 감고 가만히 물을 마셨다. 물은 축제처럼 부드럽고 달콤했다. 그것은 몸에 영양을 공급하는 보통의 물과 분명히 달랐다. 별빛 아래 오랜 시간을 걸은 다음, 도르래의 노래를 들으며 두 팔로 애써 길어 올린 물이었기 때문이다. 또한 그 물은 선물처럼 마음을 기쁘게 했다. 내가 꼬마 때는 크리스마스트리의 불빛과 자정미사의 음악, 사람들의 따뜻한 미소로 내가 받은 크리스마스 선물이 더욱 반짝였다.

"아저씨가 사는 행성의 사람들은 정원 하나에 5000송이나 되는 장미꽃을 가꾸지만…, 자신들이 찾는 걸 거기서 발견하지 못 해…."

어린 왕자가 말했다.

* 그는 웃으면서 밧줄을 만지고 도르래를 돌려보았다.

"응, 발견 못 하지."

내가 대답했다.

"하지만 그들이 찾는 건 장미꽃 한 송이나 물 한 모금에서도 발견할 수 있어…."

"물론이지."

내가 대답했다.

그리고 어린 왕자는 이런 말을 덧붙였다.

"눈으론 제대로 볼 수 없어. 마음으로 찾아야 해."

나도 물을 마셨다. 숨을 쉬는 게 한결 편해졌다. 날이 밝을 무렵, 모래는 꿀 색깔을 띤다. 나는 그 색깔을 보는 것만으로도 행복했다. 그런데 왜 슬픈 생각이 드는 걸까….

"꼭 약속을 지켜야 해."

어린 왕자가 나직한 목소리로 말하며 다시 내게 다가앉았다.

"무슨 약속?"

"그, 왜 있잖아… 양에게 씌울 부리망…. 난 그 꽃에 책임이 있어!"

나는 괴발개발 그려두었던 그림 몇 장을 주머니에서 꺼냈다. 어린 왕자는 그걸 한번 훑어보더니 웃으며 내게 말했다.

"바오바브나무가 양배추랑 비슷하게 생겼어…."

"저런!"

내 딴에는 바오바브나무 그림에 큰 자부심을 갖고 있었는데!

"아저씨가 그린 여우는… 귀가… 약간 뿔같이 생겼어…. 게다가 너무 길어!"

그는 또 웃었다.

"너무하네, 꼬마 친구. 나는 속이 보이거나 보이지 않는 보아뱀 말고는 그릴 줄 아는 게 없다고 했잖아."

"아! 괜찮아요. 어린이들은 다 알아보니까."

그래서 나는 연필로 부리망을 그려넣었다. 그걸 어린 왕자에게 건네는데 왠지 가슴이 미어지는 듯했다.

"너 혹시 내가 모르는 계획 같은 게 있니…."

그러나 그는 내가 묻는 말에 대답 대신 이런 말을 꺼냈다.

"내가 지구에 떨어진 지… 내일이면 꼭 1년이야…."

잠시 침묵이 흐른 뒤 그가 다시 입을 열었다.

"바로 이 근처에 떨어졌어…."

그리고 그의 얼굴이 붉어졌다.

나는 또다시 왠지 모르게 모호한 슬픔 같은 것을 느꼈다. 그리고 한 가지 의문이 생겼다.

"그럼 일주일 전 내가 너를 처음 만난 날 아침, 사람 사는 곳에서 수만리 떨어진 여기를 네가 혼자 걷고 있었던 게 우연이 아니구나! 네가 떨어졌던 곳으로 돌아가는 중이었니?"

어린 왕자의 얼굴이 또 붉어졌다.

나는 머뭇머뭇 망설이다 말을 덧붙였다.

"혹시 1년이 되었기 때문에? …."

어린 왕자의 얼굴이 다시 붉어졌다. 그는 내가 묻는 말에 답하는 법이 결코 없었다. 하지만 얼굴이 붉어진다는 건 그렇다는 뜻이 아닌가?

"아! 걱정되는데…."

내가 그에게 말했다.

그러자 그가 이렇게 대답했다.

"이제 아저씨 일해야지. 비행기로 다시 돌아가. 난 여기서 아저씨를 기다릴게. 내일 저녁에 다시 와…."

하지만 나는 마음이 놓이지 않았다. 여우 생각이 났다. 누군가에게 길들면 조금은 울기도 하는 것 같다….

26

우물 근처에는 폐허가 된 돌담 하나가 있었다. 다음 날 저녁 일을 마치고 돌아오니, 어린 왕자가 다리를 길게 늘어뜨린 채 그 위에 걸터앉아 있는 게 멀리서 보였다. 그리고 이렇게 말하는 소리가 들렸다.

"기억이 안 난다는 거야? 정확하게 이곳이라곤 할 수 없어!"

그가 대꾸하는 걸로 보아 또 다른 목소리가 그에게 말을 건네는 것 같았다.

"맞아! 맞아! 날짜는 맞는데, 장소는 여기가 아냐…."

나는 돌담 쪽으로 걸음을 재촉했다. 어린 왕자 외에는 아무도 보이지 않았고, 아무 소리도 들리지 않았다. 그런데도 어린 왕자는 계속 대꾸를 했다.

"… 당연하지. 내 발자국이 모래 위 어디에 처음 찍혔는지 살펴봐. 거기서 날 기다리면 돼. 오늘 밤 내가 그리로 갈게."

나는 돌담에서 20미터쯤 되는 거리에 다다랐다. 여전히 아무것도 보이지 않았다.

어린 왕자는 잠시 침묵을 지키더니 다시 입을 열었다.

"너는 좋은 독을 가지고 있니? 날 오랫동안 아프게 하지 않을 거라고 확신할 수 있어?"

나는 너무 놀라서 가슴이 탈싹거려 걸음을 멈췄다. 하지만 여전히 영문을 알 수 없는 지경이었다.

"그럼 이제 저리로 가 있어…. 다시 내려갈 거야."

그가 말했다.

나는 그때서야 비로소 돌담 밑을 내려다보았다. 그러고는 기겁을 했다. 물리면 30초 내로 목숨을 앗아간다는 노란 뱀 한 마리가 어린 왕자 쪽으로 몸을 꼿꼿이 세운 채 있었다. 나는 주머니를 뒤져 권총을 찾은 뒤 힘껏 내달렸다. 그러자 뱀은 나의 발자국 소리에 분수가 잦아들 듯 모래 속을 헤집고 들어가더니, 별로 서두르는 기색도 없이 천천히 가벼운 금속성 소리를 내며 돌 틈 사이로 교묘히 빠져나갔다.

나는 돌담에 제때 도착해 낯빛이 눈처럼 새하얘진 나의 어린 왕자를 간신히 품에 받을 수 있었다.

"도대체 이게 어떻게 된 일이야! 이젠 뱀하고 말을 주고받는 거야!"

나는 그가 늘 목에 두르고 있는 금빛 머플러를 풀었다. 그리고 그의 관자놀이에 물을 적셔준 다음 물을 마시게 했다. 그에게 더 이상 무엇을 물어볼 엄두가 나지 않았다. 그는 나를 심각한 얼굴로 바라보더니 두 팔로 나의 목을 감았다. 그의 가슴이 총에 맞아 죽어가는

“그럼 이제 저리로 가 있어…. 다시 내려갈 거야.”

새처럼 발딱대는 것이 느껴졌다. 그가 말했다.

"아저씨가 고장 난 모터를 고쳐서 기뻐. 이젠 집으로 돌아갈 수 있겠네…."

"그걸 어떻게 알았어?"

나는 마침 처음에 예상했던 것과 달리 모터를 고치는 데 성공했다는 걸 그에게 알리려던 참이었다.

어린 왕자는 내가 묻는 말에 대답은 않고 엉뚱하게 이렇게 말했다.

"나도 오늘 집으로 돌아가…."

그러더니 슬픈 표정으로 이렇게 덧붙였다.

"나의 집으로 돌아가는 길이 훨씬 더 멀고… 훨씬 더 힘들어…."

나는 무언가 심상치 않은 일이 있었음을 느꼈다. 나는 어린아기를 안듯 그를 품에 꼭 안았다. 하지만 그는 어두운 심연으로 빨려 들어가는 것 같았다. 내가 어떻게 손을 써볼 도리가 없었다….

어린 왕자는 진지한 눈빛으로 하늘 아득한 곳을 멍하니 바라보고 있었다.

"나에겐 아저씨가 그려준 양이 있고, 양을 넣을 상자도 있고, 부리망도 있어요…."

그러고는 서글픈 웃음을 지었다.

나는 오랫동안 그를 가만히 안고 있었다. 그의 몸이 조금씩 따뜻해지는 게 느껴졌다.

"꼬마 친구, 무서웠나 보구나…."

물론 무서웠겠지! 하지만 그는 부드럽게 미소를 지으며 말했다.

"오늘 저녁엔 훨씬 더 무서울 거야…."

돌이켜놓을 수 없는 일이 벌어질 것 같은 느낌에 나는 다시 가슴이 서늘해졌다. 그의 웃음소리를 영영 못 들을지도 모른다는 생각이 들어 견딜 수가 없었다. 나에게 그 소리는 사막의 샘 같았다.

"꼬마 친구, 난 네 웃음소리를 계속 듣고 싶은데…."

하지만 그는 이렇게 말했다.

"오늘 밤이면 꼭 1년이야. 내가 작년에 떨어졌던 자리 바로 위에 내 별이 오게 돼…."

"꼬마 친구, 뱀이니 약속 장소니 별 따위의 이야기는 나쁜 꿈에 불과해, 그렇지? …."

그는 내가 묻는 말에 대답 대신 이렇게 말했다.

"중요한 건 눈에 보이지 않아…."

"물론 그렇지…."

"꽃도 마찬가지야. 만약 아저씨가 어느 별에 있는 꽃을 사랑하게 되면, 밤에 하늘을 바라보는 게 아름답고 달콤하게 느껴질 거야. 모든 별에 꽃이 피어 있는 것처럼 여겨질 테니까."

"물론이지…."

"물도 마찬가지야. 아저씨가 나에게 마시라고 준 물은 음악처럼 느껴졌어. 도르래와 밧줄 소리 때문에…. 기억나… 물맛이 참 좋았어."

"물론이지…."

"밤이면 하늘에서 별을 한번 찾아봐. 내 별은 너무 작아서 어디에 있는지 말해주긴 어렵지만, 그게 오히려 잘된 건지도 몰라. 내 별이 아저씨한테는 여러 별 중에 하나일 테니. 그럼 어느 별이든 아저씨는 기분 좋게 바라볼 거야…. 모든 별이 아저씨의 친구처럼 여겨질 테니까. 자, 아저씨한테 줄 선물이 있어….”

어린 왕자가 다시 소리를 내어 웃었다.

“아! 꼬마 친구, 난 네 웃음소리를 듣는 게 좋아!”

“바로 그게 내 선물이야…. 물과 마찬가지라고 생각하면 돼….”

“무슨 뜻이니?”

“별은 사람에 따라 그 가치가 달라져. 여행자들에게 별은 길잡이고, 어떤 사람들에겐 작은 불빛이고, 학자들에겐 풀어야 할 문젯거리지. 내가 만난 사업가에게 별은 황금이었어. 하지만 별들은 모두 말이 없어. 아저씨는 지금껏 누구도 갖지 못한 별들을 갖게 될 거야.”

“무슨 뜻이니?”

“아저씨가 밤에 하늘을 바라볼 때면 내가 그 별들 가운데 하나에 살고 있고 그 별들 가운데 하나에서 웃고 있을 테니까, 아저씨한테는 모든 별이 웃는 것처럼 보일 거야. 아저씨는 웃을 줄 아는 별들을 갖게 되는 거지!”

그가 다시 소리를 내어 웃었다.

“슬픔이 달래지면 날 만날 걸 기쁘게 생각하게 될 거야. 아저씬 늘 내 친구일 테고, 나랑 함께 웃고 싶어 할 테지. 이따금 장난삼아 창문을 열어젖히겠지…. 아저씨 친구들은 아저씨가 하늘을 쳐다보며 웃음 짓는 걸 보고 깜짝 놀랄 거야. 그러면 이렇게 말해 줘. ‘그래, 별들은 언제나 나를 웃음 짓게 해!’ 그들은 아저씨가 미쳤다고 생각하겠지. 그럼 난 아저씨를 골탕 먹인 게 되는 거고….”

그가 다시 소리를 내어 웃었다.

“별 대신 웃을 줄 아는 작은 방울을 아저씨에게 한 아름 안겨준

셈이지….”

그가 다시 소리 내어 웃었다. 그러더니 사뭇 진지한 표정으로 말을 꺼냈다.

“오늘 밤에는…. 있잖아… 오지 마.”

“난 널 떠나지 않을 거야.”

“내가 아픈 것처럼 보일 거야…. 죽어가는 것처럼 보일 수도 있고. 그래. 그러니 보러 오지 마. 그럴 필요 없어….”

“난 널 떠나지 않을 거야.”

그러나 그는 걱정스러운 얼굴로 말했다.

“내가 이런 얘길 하는 건… 뱀 때문이기도 해. 뱀이 아저씨를 물면 안 되잖아…. 뱀은 못됐어. 장난삼아 물 수도 있어….”

“난 널 떠나지 않을 거야.”

그러다가 무슨 생각이 들었는지 갑자기 안심하는 기색이었다.

“맞아, 뱀이 두 번째로 물 땐 독이 없지….”

그날 밤 나는 어린 왕자가 길을 떠나는 걸 보지 못했다. 그는 아무 소리 없이 사라졌다. 내가 간신히 그를 따라잡았을 때, 그는 작심한 듯 빠른 걸음으로 걷고 있었다. 그가 나를 보며 건넨 말은 고작 이것이었다.

“아! 아저씨구나….”

그러고는 내 손을 잡았다. 하지만 얼굴에는 여전히 걱정이 가득했다.

“잘못한 거야. 마음이 아플 텐데. 내가 죽은 것처럼 보이겠지만 사실은 그렇지 않아….”

나는 아무 말도 하지 않았다.

"이해해. 거긴 너무 멀어. 이 몸을 가져갈 수는 없어. 너무 무거워."

나는 아무 말도 하지 않았다.

"하지만 버려진 낡은 껍질 같을 거야. 낡은 껍질에 슬퍼할 건 없어…."

나는 아무 말도 하지 않았다.

그는 약간 풀이 죽었지만 다시 힘을 냈다.

"정겨운 장면일 거야. 난 별들을 바라볼 거야. 별들은 모두 삐걱거리는 도르래가 달린 우물 같겠지. 별들이 모두 내게 마실 물을 따라줄 거야…."

나는 아무 말도 하지 않았다.

"정말 재미있을 거야! 아저씨한테는 5억 개의 방울이 생기고 나한테는 5억 개의 샘이 생길 테니까…."

그리고 그도 입을 꾹 다물었다. 눈물이 흘러나왔다.

"저기, 이제 나 혼자 걸어가게 해줘."

그러더니 그 자리에 주저앉아버렸다. 겁을 내고 있었다. 그가 다시 말을 했다.

"있잖아… 내 꽃…. 나는 꽃을 책임져야 해! 내 꽃은 너무 연약해, 너무 순진하고. 세상에 맞서 싸울 무기라곤 가시 네 개뿐이야…."

나는 더는 서 있을 기운이 없어 자리에 앉았다. 그가 이렇게 말했다.

"자…, 이제 다 얘기했어…."

그는 잠깐 주저하더니 다시 몸을 일으켰다. 그가 한 걸음을 내디뎠다. 나는 움직일 수 없었다.

바로 그 순간, 그의 발목 가까이에서 노란빛이 반짝였다. 어린 왕자는 잠시 가만히 서 있었다. 비명도 지르지 않았다. 그러다가 나무가 쓰러지듯 서서히 쓰러졌다. 모래 위로 쓰러져 아무 소리도 들리지 않았다.

27

그것이 벌써 6년 전의 일이 되어버렸다…. 나는 이 이야기를 아직껏 아무한테도 한 적이 없다. 나를 다시 만난 동료들은 내가 살아서 돌아온 것을 무척 기뻐했다. 나는 마음이 아프고 괴로웠지만, 그들에게는 '피곤해서 그래…'라고 적당히 얼버무렸다.

지금은 슬픔이 덜하다. 그러나 슬픔이 완전히 가신 건 아니다. 나는 어린 왕자가 자기 행성으로 돌아갔다는 걸 안다. 날이 밝았을 때 그의 몸을 찾아볼 수 없었기 때문이다. 하기야 그렇게 무거운 몸도 아니었다…. 나는 밤에 별들이 내는 소리 듣는 것을 좋아한다. 5억 개의 방울이 내는 소리 같다.

그런데 내가 사고를 하나 크게 쳤다. 어린 왕자에게 부리망을 그려주면서 가죽끈 달아주는 걸 깜박한 것이다. 그는 양에게 부리망을 씌우지 못했을 것이다. 나는 자못 궁금하다.

'그의 행성에 무슨 일이 생겼을까? 양이 꽃을 먹어버렸을지도 몰

라….'

나는 가끔 속으로 이렇게 생각한다.

'아냐, 그럴 리 없어! 어린 왕자는 밤마다 꽃에 유리 덮개를 씌워 주고, 양을 잘 감시할 거야….'

그럴 때면 나는 행복해진다. 모든 별도 기분 좋게 웃는다.

가끔은 이런 생각이 들기도 한다.

'어쩌다 주의를 게을리할 수도 있어. 그러면 끝장인데! 어느 날 저녁, 유리 덮개 씌우는 걸 깜박하거나 양이 밤중에 소리 없이 밖으로 나오기라도 한다면….'

그럴 때면 별들의 방울 소리는 눈물 소리로 바뀐다.

이것은 정말이지 이상야릇한 일이 아닐 수 없다. 어린 왕자를 사랑하는 여러분에게나, 나에게나, 우주 어딘가에서 우리가 모르는 양 한 마리가 장미꽃 한 송이를 먹고 안 먹고에 따라 세상이 완전히 뒤바뀌어버리니….

하늘을 바라보라. 그리고 자신에게 물어보라.

'양이 그 꽃을 먹었을까, 안 먹었을까?'

그러면 여러분도 알게 될 거다. 그에 따라 모든 게 달라진다는 것을….

그러나 어떤 어른도 그게 그렇게 중요하다는 사실을 결코 모를 것이다.

* 그는 나무가 쓰러지듯 서서히 쓰러졌다.

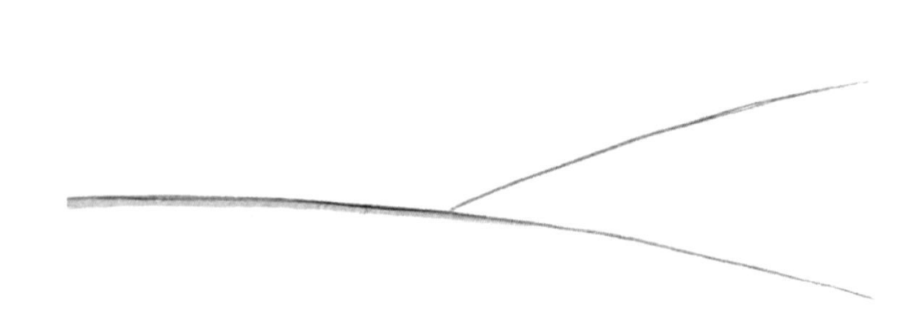

이것은 나에게는 세상에서 가장 아름답고 가장 슬픈 풍경이다. 앞 페이지에 나와 있는 풍경과 같지만, 여러분에게 좀 더 분명하게 보이기 위해 다시 한번 그렸다. 어린 왕자가 지구에 나타났다가 사라진 곳이 바로 여기다.

언젠가 여러분이 아프리카의 사막을 여행한다면 이 풍경을 확실히 알아볼 수 있도록 주의 깊게 살펴보라. 혹시 그곳을 지나가게 되거든, 간곡히 부탁하건대, 서둘지 말고 내가 그린 그 별 아래서 잠시만 기다려보라. 만일 그때 한 아이가 여러분에게 다가온다면, 그가 웃는다면, 그가 금빛 나는 머리칼을 가졌다면, 그에게 질문을 해도 그가 들은 척도 하지 않는다면, 여러분은 그가 누구인지 단박에 알아보리라. 정말로 그렇게 되면 나를 배려해주면 고맙겠다! 내가 슬픔에서 빠져나올 수 있게 부디 나를 내버려두지 말고 그가 돌아왔다고 곧바로 내게 편지를 보내주기를….

잃어버린 어린 시절을 찾아서

'프랑스 문학작품 가운데 전 세계에서 가장 유명하고, 외국어로 가장 많이 번역된 책.'

이것은 바로《어린 왕자》에 항상 따라다니는 수식어다. 이 책에 대한 프랑스인들의 자부심 역시 대단해서 그들은 20세기 최고의 문학작품으로《어린 왕자》를 꼽았다. 하지만《어린 왕자》가 태어난 곳은 프랑스가 아닌 미국이다. 생텍쥐페리는 파리가 아닌 뉴욕에서 이 책을 썼다.

1940년 5~6월, 프랑스는 전쟁에서 참혹할 만큼 기묘하게 패배했다. 생텍쥐페리는 나치 독일에 점령당한 나라 구하는 것을 인류를 구하는 일이자 민주주의의 '이상'을 지키고 보호하는 것이라 여겼다. 생텍쥐페리는 그해 12월 미국으로 망명했다. 미국의 참전과 민주사회의 연대를 설득하고, 호소할 계획이었다.

생텍쥐페리는 뉴욕에서 어린 소년을 비롯해 작은 인물들을 자주 그리곤 했다. 그를 본 출판업자 친구들은 1942년 크리스마스에 출간하는 것을 목표로 동화책을 써보는 것이 어떻겠냐고 제안한다. 그들 중에는 생텍쥐페리의 소설《인간의 대지》의 영역본《바람과 모래와 별들》을 출판한 유진 레이널과 커티스 히치콕도 있었다. 두 사람은 1934년에 소설《메리 포핀스》를 출판해 이미 성공을 거두었다.

생텍쥐페리가 이 제안을 받아들이고 작업을 시작한 것은 1942년 여름인 듯하다. 그는 맨해튼 북서부 롱아일랜드에 있는 '베빈하우스Bevin House'라는 곳을 빌려 가까운 친구들만 가끔씩 만나면서《어린 왕자》집필 작업을 계속한다.

하얀 삼층집인 아름다운 저택 베빈하우스는 아내 콘수엘로가 발견했으며, 작가는《어린 왕자》에 담을 수채화를 이곳에서 완성했다.

"당신은 그동안 잘 참고 기다렸습니다. 아마도 당신의 인내가 나를 구원했을 겁니다. 어린 왕자는 베빈하우스에서 당신이 내게 보여준 커다란 불에서 태어났습니다."(생텍쥐페리, 카사블랑카, 1943년 여름)

이곳에서 생텍쥐페리는 이미 써놓은 어린 왕자 이야기의 삽화를 그리는 데 몰두한다. 당시 그와 친하게 지내던 드니 드 루즈몽은《한 시대의 일기Journal d'une époque》라는 책에서 생텍쥐페리를 이렇게 표현했다.

"귀족 분위기를 풍기는 새처럼 크고 둥근 눈, 몸집은 커다랗고 손가락은 정비사처럼 정밀한 대머리. 그는 아이들이 쓰는 작은 붓 여러 개를 열심히 놀리면서 그림에 압도당하지 않으려고 혀를 빼물었다."

생텍쥐페리의 그림은 언뜻 보기에 단순해 보이지만, 많은 편지와 증언이 말해주듯 그것은 오랜 구상과 수고로 나왔다. 그러므로 그의 그림들을 글에 딸린 부수적인 것으로 치부해서는 안 된다.

1942년 크리스마스에 맞춰 출간할 예정이었던 《어린 왕자》는 작가의 완벽주의 때문에 늦춰졌다(생텍쥐페리가 레이널앤히치콕 출판사와 체결한 계약서에 명시한 날짜는 1943년 1월 26일이다. 이날까지 작가는 작품 원고와 삽화를 모두 넘기기로 되어 있었다). 생텍쥐페리는 책이 출간되는 것을 보지 못한 채 1943년 4월 2일 미국을 떠나 알제리로 향했고, 나흘 뒤에 《어린 왕자》의 영어판과 프랑스어판이 동시에 뉴욕의 서점가에 나왔다. 처음 인쇄한 책에는 작가가 손으로 일련번호를 쓰고 친필 서명을 했다(영어판은 525부, 프랑스어판은 260부).

《어린 왕자》는 출간되자마자 선풍적인 인기를 끌었다. 미국의 비평가들은 이 책을 매우 호의적으로 평가했는데, 특히 《메리 포핀스》의 저자 패멀라 린던 트래버스가 아주 멋진 서평을 썼다.

"《어린 왕자》에는 어린이용 책이 갖춰야 하는 세 가지 근본 소양이 빠짐없이 있다. 이 책은 심오한 의미로 진실하고, 구구절절 설명하지 않으면서도 조용히 메시지를 전한다. 더욱이 이 메시지는 아이들보다 어른들에게 더 와닿는다는 점에서 매우 특별하다. 그 메시지는 고통과 사랑을 통해 기꺼이 자기를 넘어서서 직면하는 영혼을 지녀야만 포착할 수 있다."

프랑스에서는 갈리마르 출판사가 1945년 연말 축제에 맞춰 출간할 계획을 세웠으나 제2차 세계대전 종전 직후 인쇄용지 품귀 현상이 일어나고, 제본과 장정 문제까지 겹쳐 결국 1946년 4월에야 서점에 책이 배포된다. 1946년 프랑스판에는 생텍쥐페리가 직접 그린 삽화들을 가져올 수 없었기 때문에 어쩔 수 없이 프랑스의 한 수채화가가 미국판을 본떠 그린 삽화를 사용했다. 완전히 똑같다고 할 수는 없지만 원본에 상당히 충실하다는 평가를 받았다. 1999년 갈리마르 포켓판 총서Collection Folio로 나온 판본부터는 미국에 있는 원본 삽화들을 사용했고, 따라서 독자들에게 원본에 더 충실한 판본을 선보일 수 있게 되었다.

책은 프랑스에서 출간되자마자 큰 성공을 거두었다. 1966년까지 모두 32판을 찍었고, 2013년에는 드디어 총 판매 부수가 1100만 부를 넘어섰으며, 지금도 프랑스에서는 매년 40만 부 정도 팔리고 있다. 2023년 통계로《어린 왕자》가 1억 5000만 부나 팔렸다고 하니, 지구상에서 가장 많이 팔린《성경》다음으로 많이 팔린 책이라고 해도 과언이 아니다.

생텍쥐페리가 1943년에 펴낸《어린 왕자》는 또한《성경》다음으로 세계에서 가장 많이 번역된 책이기도 하다. 최신 자료를 보면, 고대 이집트어부터 케추아어(페루, 볼리비아, 에콰도르 등 안데스 고원지대에서 쓰는 인디언의 언어. 옛 잉카제국의 공용어)에 이르기까지 382가지 언어로 번역되었다고 나온다. 정확한 수치를 확인할 수는 없지만 그동안 국내에 발간된《어린 왕자》번역본도 1000권이 넘는다.

역사상 유례없이 많은 사람이《어린 왕자》를 읽었고, 저자의 말에 귀를 기울였다. 20세기가 낳은 문학작품 가운데 이 책만큼 많은 언어로 번역되고 널리 읽힌 책은 없다. 이 놀랍고 신기한 인기의 비결은 무엇일까? 그것은 무엇보다 수수께끼 같은 이 책의 성격과 특징에 있는 것 같다.《어린 왕자》는 단편소설에 속하는 것일 수도 있고, 그냥 소설이라 부를 수도 있으며, 산문시로 읽힐 수도 있다. 어린이용 이야기책이기도 하고, 철학책으로 볼 수도 있고, 소설 형식의 자기 계발서로 분류될 수도 있다. 이 책을 심리소설이나 추리소설로 보는 사람들도 있다. 한마디로 다잡아 말하기 어려운 작품으로, 그만큼 내용이 지극히 단순하면서 심오하다.

작가는 이 책을 한때는 어린이였던 어른들을 겨냥해 썼다고 말했지만, 여러 번 되살펴보고 다시 읽어볼수록 이 책에는 알 수 없는 무언가가 있다. 생텍쥐페리는 독자를 자기 책 속에, 자신의 상상계에 가두지 않는다. 오히려 책을 읽은 다음 지금까지와는 다른 눈으로 주변을 둘러보고, 눈에 보이지 않던 소중한 것을 바라보라고 부추긴다. 어쩌면 바로 그 때문에 우리가 다시《어린 왕자》로 달려가는지도 모른다.

* 생텍쥐페리의《어린 왕자》가 국내에 처음으로 번역되어 소개된 것은 안응렬(1911~2005) 교수가《조선일보》에 연재했던 내용으로 확인된다. 1956년 4월 2일부터 5월 17일까지 연재되었으며, 이를 묶어 1960년에 '어린 왕자' 번역본이 처음 출간되었다.

"어린이를 온전한 인간으로 만들려면 먼저 그에게 '나눔'부터 가르치십시오. 그렇지 않으면 그는 메마르고 팍팍한 몸뚱이가 되고 말 겁니다."

–생텍쥐페리, 〈성채〉

생텍쥐페리에게는 세상에 때 묻지 않은 '순수한' 유년 시절, 영영 잃어버렸다고 생각하지만 여전히 우리 가슴속에 오롯이 남아 있는 '되찾은' 유년 시절에 대한 신화 같은 것이 있다.

그는 1930년 남아메리카에서 어머니에게 보낸 편지에 이미 자신의 행복한 유년 시절에서 추방당했다고 토로한다. 생텍쥐페리는 작품 중간에 곧잘 아무런 근심 걱정 없이 편안했던 그 시절에 대한 향수를 털어놓기도 하고, 꿈과 낭만으로 가득했던 고향에서의 나날을 그려보이기도 해서, 독자들은 작가와 함께 신비한 물건을 찾아 나서기도 하고 요정인지 뭔지 모를 것들과 뜬눈으로 날을 새기도 한다.

생텍쥐페리는 어른이 되고 난 다음에도 아이들에게 더할 수 없이 큰 관심을 기울인다. 그가 아이들에게 아름다운 이야기를 들려주거나 재미있고 유익한 놀이를 가르쳐주는 것을 몹시 좋아했다는 사실은 잘 알려져 있다. 설교하는 말투를 배제하고 아이들의 눈높이에 맞는 언어를 구사해 아이들의 호기심을 사로잡았고, 금세 그들의 가장 좋은 친구가 되었다. 그럴 수 있었던 것은 그때가 가장 힘든 시기였음에도 결코 포기하지 않은 순수한 사고방식과 섬세한 영혼 덕분인지 모른다.

남겨진 편지나 당시의 증언을 살펴보면, 생텍쥐페리는 꼬마 독자들의 사랑과 찬탄을 받는 것에 매우 행복해한 듯하다. 그는 그들의 반응이 자신이 글을 쓰는 데 큰 가르침을 주었다고 회고한다. 어린이들이야말로 가식 없이 사물의 내면을 꿰뚫어보고 상상의 세계를 분명하게 드러내주기 때문이다.

《어린 왕자》는 생텍쥐페리가 "추위와 배고픔에 시달리고 있어 깊은 위로가 필요한" 친구 레옹 베르트를 위해 쓴 책이다. 그 친구는 나치가 점령하고 있던 프랑스에서 전쟁과 기근으로 고통받던 난민들을 돌보고 있었다. 생텍쥐페리는 특히 "어린 시절의 레옹 베르트에게" 자신의 책을 바친다고 말하면서, 속물적이고 이기적이고 탐욕스러운 어른들의 세계를 비판하며 가뭇없게 사라져버린 어린 시절 이야기를 다시 살려내 보여주고 있다.

작가는 자신 속에, 자기 마음속에 있던 순수하고 진실된 모든 것을 이 작품에 남김없이 풀어놓았다. 그는 사람들이 자기 책을 가볍게 읽지 않았으면 한다고 말한다. 그것은 그에게는 가당치도 않은 일이었을 것이다. 주인공인 어린 왕자는 천진난만한 태도와 상상력으로 어른 독자마저 사로잡고, 그들이 어린 시절에 품었던 애정과 헌신을 일깨우라고 제안한다.

《어린 왕자》에서 중심이 되는 문제 가운데 하나는 고독은 우정으로 극복할 수 있다는 것이다. 저자는 자기에게 양 한 마리 그려달라고 졸라대는 어린 왕자를 만나기 전까지는 "마음을 터놓고 이야기할 사람"이 없었다고 고백한다. 어린 왕자는 어린 시절의 생텍쥐페리 분신 그 자체다. 그는 어른 생텍쥐페리에게 숫자와 논리에만 집착하지 말라고 간청한다.

어린 왕자가 사는 행성은 "의자를 몇 걸음 뒤로 옮기기만 하면 원할 때마다 석양을 볼 수 있을" 만큼 아주 작다. 그가 하는 일은 "무척이나 자존심이 센" 꽃을 돌보고, 바오바브나무를 뽑아내고, 활화산을 정성스레 청소하는 것이다. 하지만 그러면서도 그는 언제부터인지 모르게 서글픈 마음이 드는 것을 막지 못한다.

어린 왕자는 "심술궂게 잘난 체를 해대는" 장미를 견디지 못하고 "새로운 일거리도 찾아보고 무엇이든 배울 생각으로" 다른 행성을 찾아가보기로 한다. 첫 번째 행성에는 왕이, 두 번째 행성에는 허영꾼이, 세 번째 행성에는 술꾼이, 네 번째 행성에는 사업가가, 다섯 번째 행성에는 명령에 쫓겨 숨 돌릴 틈도 없이 가로등을 켰다 껐다 하는 사람이 산다. 여섯 번째 행성의 지리학자는 어린 왕자를 반갑게 맞이하면서 다음 행선지로 "평판이 좋은" 지구에 한 번 가보라고 권한다.

마침내 지구에 도착한 어린 왕자는 처음에는 몹시 놀란다. 아무도 보이지 않았기 때문이다. 행성을 잘못 찾아왔나 생각하니, 덜컥 겁이 나기도 한다. 그때 달의 색깔을 띤 뱀 한 마리를 만난다. 뱀은 어린 왕자에게 이곳은 사막이라 사람이 살지 않는다고 말하면서 "사람들 속에 있어도 외롭기는 마찬가지"라고 일러준다. 사막을 가로질러, 높은 산에 오르고, 모래와 바위와 눈 위를 한참 걸은 다음, 장미꽃들이 활짝 피어 있는 정원의 한쪽 풀밭에서 어린 왕자는 마침내 여우를 만난다. 여우는 서로에게 "길들면서", 즉 "관계를 만들면서" 친구가 될 수 있다고 가르쳐준다. 이렇게 사귄 친구는 "세상에 하나밖에 없는" 존재가 된다. 갖은 정성을 다 기울이고, 있는 공 없는 공을 다 들여 참친구가 된다.

어린 왕자는 여우의 말을 마음속으로 되뇌면서 다시 길을 떠난다. 그러면서 승객들을 바삐 실어 나르는 전철수轉轍手를 만나는가 하면, 목마름을 가시게 하는 알약을 파는 장사꾼을 만나는 등 이곳 저곳을 다니다가 결국 고장 난 비행기 옆에서 곤히 잠들어 있던 조종사를 발견한다. 하지만 어린 왕자는 지구에 떨어진 지 1년이 될 무렵(조종사를 만난 지 일주일쯤 지나) 자신의 별로 돌아가야만 했다. 노란 뱀에게 발목을 물린 어린 왕자는 "나무가 쓰러지듯" 모래 위로 쓰러져 온데간데없이 사라져버린다. 비행기를 다 수리한 조종사는 자신이 살던 곳으로 다시 돌아가지만, 이제 전처럼 외롭고 슬프지 않다. 우주 어딘가에 자기를 바라보며 미소 짓는 친구가 있다는 확신이 그를 슬프게 하지 않는다.

《어린 왕자》에 등장하는 이야기 하나하나는 우화 같은 성격을 띠고 있다. 그 가운데 장미와 여우를 주인공으로 한 이야기는 우리에게 깊은 감명을 준다. 어린 왕자는 장미꽃에 "길들었다". 그는 그녀를 위해 헌신하고 목숨까지 바치려 한다. 그가 다시 자신의 별로 돌아가려는 이유도 "연약하고 순진한" 자신의 꽃에 물을 주고 보호해줄 사람이 없으리라는 염려 때문이다. 그는 자신의 "꽃을 책임져야" 한다고 생각한 것이다.

어린 왕자는 여우에게서 삶의 지혜와 교훈을 배운다. 여우는 우정과 사랑에는 '의식'이 필요하다고 충고하면서 중요한 비밀 하나를 알려준다.

"내가 말하는 비밀은 이런 거야. 복잡하지 않고 아주 간단해. 마음으로 볼 때 비로소 잘 보인다는 것. 진짜로 중요한 건 눈에 보이지 않는다는 거야."

장미와 여우의 우화에서 작가가 특별히 힘주어 말하는 것은 사랑과 우정만이 인간을 고독의 심연에서 구해낼 수 있다는 것이다. 사랑과 우정은 무엇보다 몸과 마음을 바쳐 있는 힘껏 '나누는 것 échange'에 기초하기 때문이다.

> "지금에 와서야 나는 어린 시절이 무척 행복했다는 생각을 해본다. … 적의 공격은 점점 세차지는데, 나는 사물의 내면으로 들어와 있다. 나는 나의 모든 추억과, 어둠 속으로 사라져가는 나의 어린 시절도 펼쳐놓는다."
>
> -〈전시 조종사〉

어린 시절은 사람이 죽음의 문턱에 서 있을 때 곧잘 그 모습을 드러낸다. 그것은 우리가 성인이 되어 구체적으로 지니게 될 모든 것(감정이나 욕망, 성향 등)의 원천이자 뿌리이며, 인간이라면 당연히 앞세울 높은 정신적 가치에 대한 긍정이다. 현재의 '내moi'가 나로서 확립된 것은 바로 어린 시절에 의해서다. 미래를 꿈꾸고 간절히 소망하는 것도 바로 그때다.

어린이는 미래에 대한 기대와 희망을 지닌 존재다. 그에게 미래란 현실적일 수도 있고 순전히 상상의 세계일 수도 있다. 당장 지금이 아니기 때문에 어린이라면 누구나 조종사도, 뱃사람도, 과학자도, 의사도 될 수 있다. 그는 자신의 이런 소망이 한낱 꿈에 불과할 수 있다고 생각하지 않는다. 소망과 현실의 격차를 모르기 때문이다. 어린이는 한번 조종사가 되기로 마음먹으면 반드시 그렇게 될 거라 믿으며 그 꿈을 구체화하려 온갖 노력을 한다. 비록 서툴고 어설프지만 자기 능력의 한계를 뛰어넘으려는 이런 노력에 생텍쥐페리는 경의를 표하는 것이다.

생텍쥐페리가 아이들에게 매료된 이유는 바로 믿음에 대한 그들의 완전한 동의 때문이다. 그들에게는 불가능한 것을 가능한 것으로 바꾸는 능력이 있으며, 무생물에 생명을 불어넣는 정신과 감성의 놀라운 유연함이 있다. 이런 것들이야말로 어른들이 가장 먼저 배워야 할 것이며, 여기에 인생의 의미와 가치가 있는 것이다. 아이들에게는 사물의 본질을 꿰뚫어볼 수 있는 독특한 순진성이 있다. 감춰진 것, 보이지 않는 것을 알아보기 위해서는 어린아이의 마음을 가져야 한다.

생텍쥐페리는 자신의 책을 멀리 프랑스에 있는 친구 레옹 베르트에게 바친다고 말했다. "그는 어른임에도 어린이를 위한 책마저 모두 이해할 줄 알기 때문이다"라고 이유를 밝혔다. 그리고 다음 부분을 특별히 힘주어 말했다.

"나는 이 책을 어린 시절의 그에게 바치고 싶다. 어른들 누구나 처음엔 다 어린이였다(물론 그 사실을 기억하는 어른은 거의 없다)."

우리는 생텍쥐페리가 헌사에 남긴 이 구절이 사실상 독자를 향해, 그중에서도 어른들을 향해 하는 말이라는 걸 짐작할 수 있다. 《어린 왕자》를 읽고 그 의미를 이해하고 싶다면 어린아이의 마음을 가져야 하고, 그런 마음이 있어야만 어린 왕자와 같은 눈으로 세상을 바라볼 수 있다.

누군가는 이런 얄궂은 질문을 던질지도 모르겠다. 세상살이에 보대끼면서 이미 어른이 되어버렸는데 어떻게 어린아이의 마음으로 돌아갈 수 있냐고. 생텍쥐페리는 틀림없이 다음과 같은 시를 기억하라고 말할 것이다.

피리 불며 외딴 골짜기 내려가다가
흥에 젖어 기쁜 가락 피리 불며 가다가
나는 보았습니다. 한 아이가 구름 위에 서 있는 것을
그 아이 웃으면서 내게 말했습니다.

"어린 양 노래를 피리로 불어주세요"
그래서 나는 피리로 기쁜 가락을 연주했습니다.
"피리 아저씨, 그 노래 다시 불어주세요"
그래서 그 노래 다시 연주하니, 듣고 있던 아이는 울어버렸습니다.

"아저씨 피리 그 기쁜 피리 내려놓고
아저씨의 기쁜 노래를 불러주세요"
그래서 나는 같은 곡을 노래로 불렀습니다.

피리 아저씨, 거기 앉아 그 노래
책에다 적어주세요. 모두 다 읽을 수 있게요.
그리곤 그 아이 내 눈앞에서 사라졌습니다.
나는 속 빈 갈대를 꺾었습니다.

갈대로 어설픈 펜을 만들어
맑은 물을 콕 찍어
내 기쁜 노래 적습니다.
이 노래 듣는 아이들 모두 행복하라고.

-윌리엄 블레이크, 〈순수의 노래〉에 부치는 서시

고봉만

1900년

- 6월 29일 일요일, 프랑스 중부 도시 리옹의 페라 8번지에서 태어남. 본명은 '앙투안 마리 장바티스트 로제 드 생텍쥐페리'임. 아버지 마르탱 루이 마리 장 드 생텍쥐페리는 귀족 가문 출신으로(생텍쥐페리는 프랑스 페리고르 지방의 마을 이름임) 당시 보험회사 감사관이었고, 어머니 마리 부아이에 드 퐁스콜롱브는 음악가이자 화가였음(외가는 프로방스 지방 출신). 누나(마리 마들렌, 시몬), 남동생(프랑수아), 여동생(가브리엘) 등 다섯 남매 가운데 셋째이자 장남임.

1904년

- 7월, 아버지가 뇌출혈로 갑자기 사망함. 생텍쥐페리 집안의 아이들은 퐁스콜롱브 가문이 소유한 생모리스드레망 성城과 라몰 성에서 살게 됨.

1909년

- 아들의 죽음 이후 가족이 가까운 곳에 살기를 바라는 할아버지 페르낭 드 생텍쥐페리(1833~1919)의 요청에 따라 르망으로 이사함.
- 10월 7일, 예수회 소속인 콜레주 노트르담 드 생트크루아에 입학함.

1912년

- 7월 말, 괴상한 기계에 절대 올라타지 말라는 어머니의 당부를 무시한 채 베드린이라는 조종사와 함께 앙베리외 비행장에서 첫 비행의 맛을 봄(열두 살).

1914년

- 생모리스드레망 성에서 방학을 보내던 중 전쟁이 발발하자 어머니는 르망으로의 귀환을 포기하고 앙베리외 역에서 간호사로 봉사함.
- 10월, 빌프랑슈쉬르손에서 동생 프랑수아와 함께 콜레주 노트르담 드 몽그레에 입학함. 이후 전쟁과 건강, 학업상의 이유로 스위스 서부에 있는 프리부르의 빌라 생장 학교로 전학하고, 그 무렵 발자크, 도스토옙스키, 보들레르, 말라르메 등을 알게 됨.

1917년

- 6월, 대학 자격시험의 한 과목인 문학 바칼로레아에 합격함.
- 7월, 동생 프랑수아가 결핵과 류머티즘성 질환이 주요 원인인 심낭염으로 사망함. 이후 일생을 통해 큰 감정적 상처를 입을 때마다 이 상실의 아픔을 떠올림.
- 9월, 해군사관학교 입학시험을 보기 위해 파리의 사립 기숙학교인 보쉬에 학교에 들어감. 리세 루이르그랑에서 수학 특강도 들음.

1919년

- 해군사관학교 입학시험에 2년 연속 실패한 후, 이해 6월 구두시험에도 불합격함.

1920년

- 파리 에콜 데 보자르 건축과에 '분명한 계획 없이' 청강생으로 등록해 6개월간 공부함.

1921년

- 4월 9일, 스트라스부르 제2 비행 연대에 배속받아 정비병으로 2년간의 군 생활을 시작함. 아에비Robert Aéby라는 조종사에게 개인 교습을 받은 뒤 조종사 자격증을 취득하고, 모로코의 카사블랑카로 전출되어 1922년 2월까지 체류함.

1922년

- 10월, 파리 르부르제공항의 제34 비행 연대에 새롭게 배치받음.

1923년

- 1월, 부르제 상공 비행 때 비행 사고를 당해 두개골 골절상을 입은 뒤 6월 5일에 의가사제대로 군복을 벗음.
- 9월, 입대 전에 약혼한 루이즈 드 빌모랭과 파혼함.
- 1925년 초까지 부아롱의 기와 제조소, 소레르 자동차 회사 등에서 일함.

1926년

- 라테코에르 항공사(1918년 툴루즈에서 창설. 나중에 아에로포스탈이 됨)에 입사함. 처음에는 기술자로 일하다가 비행 테스트를 받은 후 시험 비행을 시작, 마침내 스페인 알리칸테행 첫 우편 비행 업무를 맡은 뒤 6개월간 툴루즈-카사블랑카 항로 우편물을 담당함.
- 아드리엔 모니에가 발행하는 잡지《르 나비르 다르장》4월호에 단편〈비행사L'Aviateur〉를 발표함.
- 툴루즈에서 평생 동지이자 항공사 대표 비행사였던 장 메르모즈와 앙리 기요메를 알게 됨.

1927년

- 툴루즈-다카르 우편 노선상의 중요 기항지인 모로코 남부 캅쥐비의 책임자로 발령됨. 사막의 무어인들, 스페인 사람들과 친선 관계를 맺거나 불시착한 조종사를 구조하는 일을 맡아 '스페인령 사하라사막 한가운데 위치한' 해안 지역의 허름한 곳에서 수도승처럼 18개월을 보냄. 이때의 경험을 '170쪽짜리 책 한 권 분량'으로 적어 프랑스로 돌아오고, 책은 1929년 7월에 '남방 우편기Courrier sud'라는 제목으로 간행됨.

1929년

- 《남방 우편기》를 발표하며 갈리마르 출판사와 전속 계약을 맺음.
- 9월, 남아메리카에서 일하던 메르모즈와 기요메의 초청을 받아 부에노스아이레스로 향함. 아에로포스탈 아르헨티나의 개발 책

임자로 대륙 내부의 오지 곳곳을 탐방하고, 파타고니아까지 노선을 확장하는 데 기여함.

1930년

- 연말, 부에노스아이레스의 알리앙스 프랑세즈 리셉션에서 엘살바도르 출신 화가이자 조각가로 과테말라의 유명 소설가 고메즈 카리요Enrique Gómez Carrillo(1873~1927)의 미망인인 콘수엘로 순신Consuelo Suncin Sandoval de Gómez(1901~1979)을 만남.

1931년

- 4월 12일, 남프랑스의 아게Agay에서 모리스 쉬두르 신부의 주례로 콘수엘로와 혼인 성사를 올리고, 4월 22일 니스 시청에서 세속적인 형태로 결혼식을 함.
- 9월, 앙드레 지드가 서문을 쓴 두 번째 작품《야간 비행Vol de nuit》을 출간하고, 그해 페미나상을 수상함. 이 작품은 클라크 게이블이 주연한 영화로 만들어져 상영될 정도로 큰 성공을 거둠.

1932년

- 대공황(1929년)과 브라질 혁명(1930년) 등의 영향으로 아에로포스탈 항공사가 법정관리 처분을 받고 해체되면서 사임함. 여러 항공 회사에서 시험 비행사로 일하거나 야간 우편 비행일을 맡음.

1934년

- 일간지《파리 수아르Paris-Soir》의 특파원으로 사이공에서 활약함. 다음 해에는 모스크바로 파견되고, 그곳에서 에어 프랑스의 후원을 받아 강연회를 개최하기도 함.

1935년

- 12월 29일, 파리-사이공 노선의 비행시간 기록을 갱신하기 위해 '코드롱 시문Caudron-Renault Simoun' 비행기를 타고 이집트로 출발함. 19시간 44분을 비행한 뒤 12월 30일 새벽 2시 45분, 카이로에서 200킬로미터 지점인 리비아사막에 불시착함. 5시간 정도 버틸 수 있는 식량을 지참하고 사람을 찾아 나섰다가 나흘째 되던 날 베두인 유목민에게 구조되어 알렉산드리아에서 배를 타고 1936년 1월 20일에 마르세유로 돌아감.

1936년

- 스페인 내전에 특파원으로 파견되어 당시 종군기자로 활동하던 헤밍웨이를 만남. '자유의 이름으로 경건하게 자신의 이웃을 살해하는' 내전의 야만성을 고발하고, 나치 독일의 게르니카 폭격 다음 날인 1937년 4월 27일 프랑스로 귀국함.

1938년

- 2월, 뉴욕-과테말라-푼타 아레나스 간 장거리 비행을 시도했으나 과테말라에서 추락해 심한 부상을 당하고 뉴욕으로 이송되어 치료받음. 뉴욕에서 몇 달 요양하는 동안《인간의 대지Terre des hommes》 집필을 마치고, 이 책의 미국어판은 '바람과 모래와 별들Wind, Sand and Stars'이라는 제목으로 간행됨.

1939년

- 2월,《인간의 대지》를 출간해 프랑스에서 아카데미 프랑세즈 소설 대상을 수상하고, 미국에서는 1939년 전미도서상National Book Award을 수상함.
- 9월 1일, 히틀러가 폴란드를 침공하고 프랑스에 병력과 물자 동원령이 내려짐. "참전하기에 나이가 너무 많고, 사고 후유증으로 비행에 부적합한 몸"이라는 판정이 내려졌음에도 일선에 배치받고자 노력함.
- 11월, 오르콩트(오트마른)에 기지를 둔 정찰대 2/33 전투 비행중대에 배속됨.

1940년

- 5월, 프랑스 북부의 아라스 상공을 정찰비행하던 중 독일의 고사포 공격으로 비행기가 추락할 뻔했으나 무사히 귀환함. 이때의 경험을 밑바탕으로〈전시 조종사Pilote de guerre〉를 집필함.
- 6월 22일 휴전 협정으로, 7월 31일 공군에서 전역함.
- 11월, 알제를 거쳐 리스본으로 가서 미국행 배에 오름.
- 12월 31일, 뉴욕에 도착함.

1941년

- 미국 망명 생활을 시작함.

- 봄, 영화감독 장 르누아르의 초청으로 할리우드로 감. 소설을 각색한 시나리오로《인간의 대지》를 영화화하려던 계획은 결실을 보지 못함.
- 11월, 뉴욕으로 돌아와〈전시 조종사〉 집필을 완료함.

1942년

- 2월,〈전시 조종사〉의 영어 번역판이 '아라스 비행Flight to Arras'이라는 제목으로 출간됨. 출간 즉시 '이달의 최우수 도서상'을 수상했으나 프랑스에서는 유대인 비행사를 예찬한 내용 때문에 판매 금지됨.
- 여름 동안, 향후 대표작이 될《어린 왕자》를 집필하고 삽화 그리기에 몰두함. 크리스마스에 맞춰 출간할 예정이던 이 책은 1943년 4월에야 서점에 나옴.
- 11월, 독일이 프랑스 전역을 점령하고, 8일에는 미국군이 북아프리카에 상륙하자 29일《뉴욕 타임스 매거진New York Times Magazine》에 프랑스인의 단결을 호소하는 글을 발표하고 자신의 옛 정찰대에 재편입되기 위한 절차를 밟음.

1943년

- 2월,〈어느 인질에게 보내는 편지Lettre à un otage〉를 발표함.
- 모로코의 우지다에 진을 치고 있던 2 / 33 전투 비행 중대에 최종 편입된 뒤 6월에 지휘관으로 임명되어 7월 21일 프랑스 상공에서 첫 임무를 수행함.

1944년

- 5월, 마침내 사르데냐의 알게로에 있는 2 / 33 전투 비행 중대에 복귀함. '라이트닝 P 38'기를 조정하기에는 나이가 너무 많아, 예외 규정으로 다섯 차례의 임무가 주어짐.
- 6월 14일, 첫 임무를 수행하고, 7월 17일에는 부대가 코르시카의 보르고로 기지를 옮김.
- 7월 31일, 아침 8시 25분 론 계곡-안시-프로방스를 거쳐 돌아오는 정찰 임무를 띠고 이륙해서 8시 30분에 마지막 무선 신호를 보냄.
- 11월 3일, 예정된 시간에 기지로 귀환하지 않았으므로 미확인 전사자로 등록됨.

1945년

- 7월 31일, 스트라스부르에서 추도식이 장엄하게 거행됨.

1948년

- 국가에서 '프랑스를 위해 목숨을 바친mort pour la France' 사람으로 공식 인정함.

어떤 별에도 정착할 수 없는 슬픔

《어린 왕자》는 어떤 별에도 정착할 수 없는 자의 슬픔에서 기인한 이야기다. 대부분의 사람이 알고 있다고 생각하지만 정말로 아는 자는 드문 책이다. 이 책은 탐험하듯 읽어야 한다. 뛰어들고 헤매고 기다리고 머뭇거리고 한계를 느끼고 오르고 떨어지며…. 이 탐험은 몸의 탐험이라기보다 영혼의 탐험에 가깝다. 처음《어린 왕자》를 읽은 자라면 잊고 몇 년 후 다시 읽어야 한다. 뛰어들고 탐험하고 느끼고 질문하고 몇 년 후, 다시 뛰어들고 스며들고 다시 몇 년 후…. 반복해서 읽어야 진가를 알게 되는 책도 있다.

그러므로 《어린 왕자》는 평생에 걸쳐 여러 번 '다녀와야' 하는 책이다. 떠났다가 돌아오는 동안 여행자의 위치에서 알게 되는 독자의 슬픔과 기쁨이 있다. 나는 서른 해 동안 여섯 번쯤 읽었다. 물론 몇 년 후, 다시 읽을 것이다. 앞에 이 책이 있다면, 탐험하기에 알맞은 시간이라면 언제든지 읽고 싶다.

처음에 나는 '보아뱀을 삼킨 코끼리' 그림을 어른들에게 시험하는 이야기에 마음을 빼앗긴 어린이였다. 자라서는 어린 왕자와 여우의 우정에 흥미를 느끼는 청소년이었다. 나중에는 소혹성 B612호에 혼자 남은 장미와 그에 대한 죄책감으로 뒤척이는 어린 왕자, 둘의 관계를 사랑으로 해석하는 청년이었다. 지금은 사막에 불시착한 조종사, 아마도 작가의 분신이었을 화자의 외로움과 막막함에 마음이 쓰이는 중년이 되었다. 생텍쥐페리는 책 중간에 이런 문장을 써놓았다.

"나는 사람들이 내 책을 가볍게 읽지 않았으면 한다."

물론이다. 그의 청이 아니더라도 나는 이 책을 읽을 때마다 진지하게, 때론 심각한 표정으로 읽는다. 하지만 어떤 어른들은 이 책이 가벼운 우화에 지나지 않는다고 생각하거나 이미 내용을 알기에 두 번 읽을 필요는 없는 책이라고 단정한다는 것도 안다. 바보 같은 일이다. 이 작은 책은 너무 커서, 형체가 다 보이지 않을 정도다. 책 속으로 들어가면 읽는 이가 사라질 정도로 넓다. 시작과 끝을 알 수 없을 정도로 광활한 시공간, 인간이 겪을 수 있는 다양한 문제가 담겨 있다. 세상에서 '홀로' 헤매다 사라지고 말, 우리의 초상이 숨겨져 있다.

서울에 살 때, 내겐 서울을 제대로 보고 싶다는 갈급한 마음이 있었다. 그때 내가 하던 연습은 '서울을 서울 밖에서 바라보듯' 연기하는 일이었다. 여행자의 시선으로 버스에 올라타고 이방인처럼 거리를 걸어보았다. 서울을 통과하는 사람들, 머무는 사람들, 떠나는 사람들을 보며 서울 사람이 아닌 척 바라보는 일, 그게 내가 하는 '시 공부'였다. 이 글을 쓰기 위해《어린 왕자》를 한 번 더 읽으니 작가가 '어린 왕자' 캐릭터를 만든 이유를 알 것도 같았다. 그는 지구를 지구 밖에서 바라보듯 생경한 시점으로 관찰하고 싶었던 게 아닐까. 소혹성 B612호에 살던 어린 왕자의 눈에는 지구에서 벌어지는 일들이 새롭게 보였을 테니까 말이다.

'어린 왕자'는 우리가 지키고 싶은 순수이자, 잃어버릴 수밖에 없는 순수를 상징한다. 아니다. 이렇게 말하면 생텍쥐페리는 슬픈 표정을 지을 것이다. 그는 '어린 왕자'가 결코 상징으로 남길 바라지 않을 테니까. 그렇다면 우리는 '어린 왕자'를 어떻게 말해야 할까? 이런 식은 어떨까. 어린 왕자는 우리 자신이다. 어린 날의 나, 지금도 무시로 튀어나오는 유년의 나, 사라졌지만 결코 사라진 적 없는 내 안의 나, 갈 수 없는 그리운 나라.

우리가 책을 읽으며 '어린 왕자'의 말과 행동에 감응하는 건 그가 말하는 바를 이미 알고 있어서일지도 모른다. 우리는 저마다 지키지 못한 장미 한 송이를 갖고 있다. 소혹성 B612호에 혼자 남아 울고 있을 장미를 알뿐더러, 그를 떠나오며 갖게 된 죄책감과 그리움을 알고 있다. 아침부터 밤까지 불을 켜고 끄느라 등대 너머의 세상을 보지 못하는, 가엾은 등대지기의 삶을 알고 있다. 술로 세상을 잊으려다 몇 배속으로 늙어버린 사람을 알고 있다. 바오바브나무처럼 자라나는 우리 안의 불안을 알고 있다. 종일 감은 눈 속에서, 해 지는 풍경을 되풀이해 보던 어떤 날을 알고 있다. 우리는 모두 어린 왕자인 적이 있다.

생텍쥐페리는 책의 서두에 친구 '레옹 베르트'에게 이 책을 바친다고 적으며, 이렇게 고백하고 있다. "이 책을 어른에게 바치는 것을 어린이들이 용서해주었으면 한다." 그리고 마지막엔 이렇게 고쳐 쓴다. '어린 시절의 레옹 베르트에게'. 이 문장을 나는 이렇게 왜곡해 받아들인다. 어린 시절의 우리 모두에게.

1944년 더 이상 조종을 할 수 없는 나이임에도 항공 임무를 부여받은 생텍쥐페리는 같은 해 7월 31일, 코르시카섬의 보르고 기지를 이륙해 비행길에 올랐지만 돌아오지 않았다. 9월 8일, 그의 행방불명이 공식적으로 발표된다. 레옹 베르트는 "생텍쥐페리는 캄캄한 밤, 빛을 뿜어내는 무수한 별들 틈에서 자기 별 지구를 찾지 못해 하늘과 대지 사이를 헤매는 천사장이었다"고 했다.

그는 어디에 불시착한 것일까. 죽기 전에 어린 왕자와 조우했을까? 그의 마지막을 생각하면 모든 빛이 꺼진 지구를 지구 밖에서 바라보는 것처럼 쓸쓸한 기분이 든다.

한때 나는 '어린 왕자' 같은 책을 한 권 쓰고 싶다는 꿈을 꾼 적이 있다. 내 욕망이 어찌나 우스운지 스스로 미소를 짓게 된다(폭소를 넘어서는 게 미소다). 고백건대 내 꿈은 어른이 세발자전거를 타고 거리를 활보하겠노라는 선언처럼, 실현 불가능한 욕망이었다. 세발자전거에 앉을 수조차 없는 몸이여! 나는 안 될 일이지만, 생텍쥐페리는 어떻게 가능한 일인가. 그의 영혼이 어리고 유연하기에 가능한 일이었을 게다.

때때로 나는 한 번만, 다시 세발자전거를 타고 골목을 활보하고 싶어진다. 멀리 갈 수 없고 빨리 갈 수 없지만, 함부로 넘어지지 않을 안장에 엉덩이를 놓고 찌르릉 벨을 울리고 싶다. 그럴 수 없다면 '어린 왕자'를 다시 읽을 수밖에. 시와 철학과 그림과 이야기를 한 접시에 올려놓고 사라진 남자가 쓴 책. 그는 자기 별에 머무는 데 실패했다.

《어린 왕자》는 자신이 어린아이였던 것을 기억하는 어른을 위해, 나아가 눈앞의 바쁜 일만을 좇느라 지구의 아름다움을 보지 못하는 어른을 위해, 그리고 어른은 알 수 없는 '아이만의 슬픔'을 위해 쓰인 책이다. 시간을 들여 탐험해야 한다. 깊고 넓다.

박연준(시인)

책세상 세계문학 008

어린 왕자
Le Petit Prince

초판 1쇄 발행 2023년 12월 25일

지은이 앙투안 드 생텍쥐페리
옮긴이 고봉만

펴낸이 김준성
펴낸곳 책세상
등록 1975년 5월 21일 제2017-000226호
주소 서울시 마포구 동교로 23길 27, 3층 (03992)
전화 02-704-1251
팩스 02-719-1258
이메일 editor@chaeksesang.com
광고·제휴 문의 creator@chaeksesang.com
홈페이지 chaeksesang.com
페이스북 /chaeksesang 트위터 @chaeksesang
인스타그램 @chaeksesang 네이버포스트 bkworldpub

ISBN 979-11-7131-099-9 04800
ISBN 979-11-5931-794-1 (세트)

진짜로 중요한 건 눈에 보이지 않는다.